小说家的声音

王威廉————

著

SPM
南方传媒

花城出版社

中国·广州

图书在版编目（CIP）数据

小说家的声音 / 王威廉著. -- 广州 ： 花城出版社，
2024. 8. -- ISBN 978-7-5749-0269-5

Ⅰ. I267.1

中国国家版本馆CIP数据核字第2024HP7601号

出 版 人：张　懿
责任编辑：杜小烨　　王梦迪　梁宝星
技术编辑：凌春梅
责任校对：卢凯婷
封面设计：姚　敏

书	名	小说家的声音
		XIAOSHUOJIA DE SHENGYIN
出版发行		花城出版社
		（广州市环市东路水荫路 11 号）
经	销	全国新华书店
印	刷	广州市岭美文化科技有限公司
		（广州市荔湾区花地大道南海南工商贸易区 A 幢）
开	本	880 毫米 ×1230 毫米　32 开
印	张	7.875　2 插页
字	数	140,000 字
版	次	2024 年 8 月第 1 版　2024 年 8 月第 1 次印刷
定	价	59.90 元

如发现印装质量问题，请直接与印刷厂联系调换。
购书热线：020-37604658　37602954
花城出版社网站：http://www.fcph.com.cn

挤压饱和的语言海绵

生活就会重新流淌到我们心间

目　录

自序　心灵、知识与写作 / *1*

辑一

我的先锋小说观 / *22*

写作的深度现实主义 / *31*

写作在召唤和创造着阅读

　　——在首尔东亚文学论坛上的发言 / *36*

新寻根、异风景与高科技神话

　　——"新南方写作"的美学可能 / *40*

文学如何书写乡土 / *53*

"城市文学"的五帧风景 / *64*

写作的未来 / *75*

辑二

小说家的声音 / 84

关于小说的语言 / 92

小说与诗歌的契约 / 104

契诃夫的笨囚衣 / 126

长篇小说的文化诗学观 / 134

内在的陌生人

——启蒙笔记 / 141

辑三

技术时代的文学叙事 / 166

科幻的人 / 174

未来诗学的三组关系 / 181

"元宇宙"与未来文化 / 194

一种"纯文学科幻"

——从石黑一雄《克拉拉与太阳》谈起 / 220

一场浩大的"生命革命" / 228

后记

高地上的勇者

——我的批评及我渴望的批评 / 236

|自 序| 心灵、知识与写作

　　将写作和所学专业非要联结在一起的想法，对我来说好像是一个极其不可思议的事情。自从我知道世上有写作这回事以来，就在潜意识里认为写作是每个人的权利，就像吃饭、喝水、上厕所一样，是一项人的基本权利。时至今日，我持之以恒地写作了十来年，还专门系统读了各种文学史和文学理论，可我仍旧是这么想的，也每每在不同的场合宣讲。表面上看，我似乎是在励志，其实只不过表达着我对写作的那份感恩之情。这种心情就像是那种获得过上帝福泽的虔诚信徒，愿意把上帝的福音传布给更多的人。

　　我对写作的认识，是从写日记开始的。就像是原始人发明了结绳记事，我发现了文字可以补充脆弱的记忆。还是小学生的时候，放寒暑假前，语文老师经常布置的一项作业便是写日记。那会儿可不像现在有各种各样的培训班，那会儿是玩耍的狂欢节，几个人围着一堆建筑用的沙子，也能玩上整整一下午。在沙堆里掏洞，或是建造城堡，然后临走的时候，又把辛辛苦苦堆成的城堡踏得粉碎，心中居然还会有一种诡异的快乐。（后来读历史，据说古罗马暴君尼禄烧了罗马城，只为欣赏火光，想起摧毁沙堡的往事，似乎也能有点儿理解。）总而言之，放假的那一个多月的时间转瞬即逝，想起老师们的竹竿，害怕得要命。那时候的老师都会打人，家人和学生都觉得特别正常。因此，在极度的惊恐之中，我一两天写完了一个月的日记，这自然充分锻炼了我的虚构能力。在日记中，我是个爱学习爱劳动的好孩子，从来不玩沙堆，只做好人好事，度过了一个无比充实的假期。当然，绝非全然虚构，那样的虚构有时让自己也觉得荒唐，便想起那些难忘的玩耍经历，忍不住也写一些出来。写这些事情的时候，是纯然快乐的，仿佛把欢乐的时光温习了一遍，同时，又以文字为载体，保存了下来。

这种重温欢乐的写作，让我迷恋，于是，我的日记逐渐少了那些虚构的好事，多了一些好玩的趣事。从那时起，写日记成了我的一个爱好。当然，我没能做到天天都写，但一个星期总会写上一两篇。我应该也是受到了父亲的影响，他每天都写日记，而且还会写满满的一页。我有时也会好奇他到底记了些什么，但我又很怕去看，觉得那是另外一个我不了解的世界，我不想贸然进入。因此，我从未偷看过父亲的日记。

在一篇谈写作和不同学科背景的文章中，我大谈写日记，并非跑偏了，而是蕴含着我的一个观念，那就是写作与个体生命意识的成长有着极大的关系。换句话说，我猜测，写作极有可能是一种人类的本能。这个本能的开掘，暂时还没有一门可以教学的课程可以与之顺利衔接，这个本能的成长、达成，有赖于生命的内在发展与外在际遇，在合适的时机，这个本能便可以成为最轻便却也是最直接的工具，接续和转化心灵所承载、分泌的一切。写日记，只是这种本能的一种自然表现罢了。我们写日记，其实并没有设定阅读对象，但我们依然在其中倾诉，仿佛有自己以外的什么意识可以聆听到自己倾诉的这一切。如果这个本能在人幼年时得以引导，是很可能会保持一生的。当然，这个本能如果一直没被唤醒，那就和人类的许多其他本能一样，沉睡在深海一般的潜意识中了。

因此，我大胆揣测，写作是一种本能，也是一种独立的精神现象，它的种子与具体的学科学习没有关系。但是，我想强调的是，它的生长却一点也离不开各种学科的学习。

在我的童年时期，我和其他人一样，保持着对于自然世界的极大兴趣。通过学习，我被告知，各种奇妙的自然现象，比如风雨雷电，其背后居然都有着规律可以解释，这是我在意识懵懂阶段经历的第一件极为震惊的事情。这种震惊引发了我极致的兴趣，我拆解了全部的玩具，玩具内部的齿轮聚合正如大自然背后的规律一般，看着这支离破碎却犹如神谕般的"规律"，可以享受到创世般的快乐。这种兴趣一直伴随着我的整个成长，一直到青春期的结束。成为一名科学家，因此也成了我理所当然的人生理想。我在阅读科学家传记的时候，也发现了许多科学家有着动人的文采。爱因斯坦、居里夫人，都写得一手好文章，而且他们的文章几乎没有花哨的修辞，只因积年累月的思考，让许多段落沉淀着浓郁的哲思。就像爱因斯坦说的："在科学思维中，永远存在着诗歌的因素。"那么，不得不提到薛定谔（大家都知道他提出的物理模型：薛定谔的猫），这个量子力学的奠基者，竟然出版过诗集，有着媲美职业诗人的才华。

所以，当时的我认为，文学是完全靠天分的，是不需要接受教育的。我可以完全投入科学家的梦想中去，而文学和写作这回事则可以一直当成爱好保持下去。整个中学时代，我的确是这样想和这样做的，并且取得了相对不错的平衡。我在参加奥林匹克物理竞赛中取得了名次，写的文章也在作文课上时常入选范文，并且还有余暇创办了学校里一份完全由学生编辑的报纸。物理老师和语文老师都对我青眼有加。几年后，新世纪开始的第一年，我考入了中山大学物理系，我以为真正开展研究的好日子是要开始了。

但是，半个月后，我就苦不堪言。我发现我对高等数学完全没有感觉，没有了数字，只剩下一堆符号在页面上变幻来、变幻去，有一种极度空虚的感觉，甚至开始怀疑，那些公式和这个具体实在的世界是真的有关的吗？这是学业上的困境。还有另外一方面，我独自从西北来到广东，从气候、语言到饮食，感到了各种不适，那种青春的敏感自然会把这些东西给放大，从而造成了一张孤独的大网。我必须承认，在那之前，我可从来没有一个人独自生活过，我没有住过校，每天中午都会回家吃饭、午休，再骑着自行车去学校。可现在，我被丢在了一个完全陌生的异质的地方。

不得不说，还有那空旷而寂寥的环境。那一年，2000年，正好是中山大学珠海校区建成的第一年，所有的本科生都必须前往珠海校区，在那里读完大一大二后，再返回广州的老校区。因此，我们这批人被忽然从刻板的高中生活中拽出来，放在那样一座自由而开放的舞台上，大家都蒙了。这是大学生活吗？和想象中的大学生活完全不同嘛。我曾经无比着迷的世界规律与本质，在这种处境下，似乎变得和我自己的生活没有关系，这是让我最为惊恐的一件事。我在中学时代，尤其是高三，玩了命地学习，就是抱定了一种信念，只要我考上了大学，那么我的生活就像是野马脱缰，来到了广阔的草原上，任我随意驰骋。我的科学家之梦更是触手可及。谁知道生活的真相竟然是如此残酷，我连跟自己的关系都没处理好，怎么去处理那些掌管世界规律的公式？

或者说，即便我努力再去拼命学习那些公式，探究世界的规律，可我心中却忽然无端端生长出了一个巨大的空洞，而我在物理学上的努力，不仅对这个巨洞于事无补，反而还在扩大着这个巨洞，让这个扩张的巨洞随时都有可能把自己给吞噬掉。

这个时候，我发现阅读文学，似乎能修补那个正在扩张中的巨洞。因为文学描写了太多的人生，让我在这个人生的转折时期可以作为某种镜像从而感到踏实。文学的亲戚——哲学，似乎味道也很好，其中箴言一般的句子有着宗教式的感染力。原本我思考的问题都是具体可感的，即便世界的本质和规律，也是在物理学的框架之内，各种实验和公式都是坚实的依靠。但这个时候，文学和哲学促发了我对形而上问题的思考，我才意识到，那个扩张的巨洞原来存在于每一个人的心底，那种虚无是生命的阴影，就像事物不能摆脱阴影，虚无也是生命不可避免的阴影。

虚无的阴影之所以令人无比恐惧，更是因为它的根须植根于那深渊一般的死亡峡谷。大约是小学五六年级的时候，我第一次意识到个人的意识本身有一天是注定要消亡的，我感到了天旋地转般的恐惧和痛苦。那种无法理解这种消亡的心情，让我的眼睛几乎有了泪水。那应该是一个下午，父母都去上班了，我一个人在家，百无聊赖地想到了这件事。从此，尽管我看上去和别的小朋友一样贪玩、无忧无虑，但实际上，我的心底已经有了一份挥之不去的沉重。当成年后离开熟悉的环境，置身完全陌生的境地，那个压抑的问题也伺机而动，因为我意识到，从此以后，在精神意义上，我都要一个人独自生活下去了，那条看不见的脐带被剪断了，那么我必须为自己的生活和生命找到意义。

但，找到意义，世间还有比这更难的事情吗？尽管从小长到大，从长辈到老师，从社会、媒体到各种教育机构，都对"意义"这回事给出了形形色色的答案。我不愿意去"解构"这些答案，说这些答案大部分是社会文化机制去建构和规训出来的（很可能是这样），我是愿意敞开心扉的，去相信他们的诚意，去接纳那些答案，可是，作为一个独立的人的那颗心，却是极为固执的。要让人的心去真正相信什么东西，实在是很难很难的。正如人不再谛听自己内心的时候，转而去相信什么东西却是很简单很简单的。

确实没有一门学科像哲学那样追问关于意义的这回事。文学自然也是追问的，但是文学的追问被覆盖在厚厚的故事、细节与生活表象之下，我们往往看不清那样的追问，或是追问很容易被稀释，或是用表象来代替答案。但是，哲学便不然了，哲学得把追问暴露在白纸黑字上，然后还得绞尽脑汁用正面的，但抽象、复杂的方式去回应追问。我坐在珠海校区的图书馆里，面朝着大海（据说那片海叫伶仃洋，油然而生一种悲壮的感觉），从古希腊时期开始读哲学。其间，还选了哲学史的课程来辅修，我终于不再独自摸索，而是进入了人类的智慧空间。

我发现"轴心时代"的哲学家们都对生命充满了纯真的热情，他们关于人生的诸多论述迄今看来依然引人深思。到了康德这样的哲学家那里，极度的抽象思辨让人难以进入，必须一手拿着解读的著作，一手拿着原著（也是翻译成汉语的），方能领略一二。因此，这么说起来，还是近代以来的哲学家更让人亲近。那些历史久远的古典哲人，他们在面对生死、世界等根本问题时，是无所畏惧的，死只是生的反面。这自然和他们那个时代宗教文化比较发达有关，而人类历史不断发展，技术理性也侵入对生死的理解中，因而死亡的宗教色彩越来越弱化，人在面对死亡时的勇气也越来越少。在尼采那里，"上帝已死"带来的后果便是人间死亡的不可承受之重。他的心灵是那么强悍，提出"强力意志"，要为自己的生命塑造意义。因为他说："受苦的无意义，不是受苦本身，才是覆盖于人类之上的诅咒。"为生和死的苦难要以一己之力赋予意义，那该是一种怎样的不可能。意义的生成，本来就是超越单个的存在的。个体的必死性，与人类的永恒性，归根结底还是两回事。尼采最后的发疯，通常被解释为一种极致的孤独，但我总觉得那其实是他的思想走到了一种无解的绝境。而加缪在《西西弗神话》中的思想，跟尼采相比，看似是虚弱的、被动的，却是实实在在励志的。我一读再读，那个推石上山再滚落的悲剧形象令我无法忘怀。渺小的个人终究成不了强有力的"超人"，他充其量只是一个苦役犯，但他本着把苦役进行到底的精神，完成了一种无限的反抗。加缪作为作家的思想，与纯粹的哲学家有了分野，他更加立足于个人的立场，充分理解人的处境，因而他的思想充满了生命力，他对历史局势的判断也因为如此而异常准确，超出了与他同时代的引领一代思想风潮的萨特。这也让我对文学的理解有了极大的升华，我更愿意从人及其处境的角度去思考问题，这让我觉得自己是站在日常生活的大地上来思考问题，而不是凭空虚蹈的。

我袒露了这么多心路历程，就是想说明，我终于发现文学才是自己心中所爱。当我有了这种想法，并努力争取到了一个大学生的文学奖之后，便开始了转系的行动。想转系，首先得面对的是理工学院老师们的同意，我和当时的副院长吴申尚教授写信长谈，也许是我的认真恳切让他觉得应该认真对待这个学生，他也给我写过好几封信，说他求学与研究的历程，让我深为感动。他也对我提到高等数学的艰深，这让我也开始怀疑自己是不是因为高等数学过于艰难，转头去从事文学是为了避难？我至今自然也无法否定这样的因素，但是，这只是最表层的原因，深层的原因还是上面所说的人生危机。我反复琢磨了数月，认定了文学是我可以心甘情愿用一生的时间去对待的事业，最重要的是，做这行我也不惧怕失败——只要写出来的东西能发表就好了。我不指望用文学混饭吃，我会和其他人一样找工作，然后一边工作一边写作。我想，只要自己足够努力，发表这回事还是可以做到的吧。我就怀抱着一腔热情，找了中文系的几个朋友商量，他们都表示支持，并且帮我把意愿传达给了系里的领导。消息终于传来，被拒绝了。其实这倒是不让我太过意外，让我意外的是理由：我们中文系比你们物理系好找工作，不要拉低了我们系的就业率。我传达了我的意思：我保证自己一定会找到工作，不会失业，但没人再听我微小的声音了。

中文系的其他朋友事后说："我们也不大希望你能转来。"这更是让我惊诧莫名。他们说："倒不是因为你来了会和我们抢工作，而是你这半中腰杀过来，逃过了百篇作文的磨难，我们心里太不平衡了。"我这才知道，写百篇作文，这是中文系的特色培养方法，是说到做到不打折扣的一百篇作文。我听后，倒吸一口凉气，反而庆幸自己没有一开始就进入中文系，如果写了一百篇作文出来，我自此一定会对写文章生厌。因为对于年轻人，尤其是没有经受过小说这种虚构艺术的训练的年轻人来说，会把自己的真实经验全部变成文字（能否称为文体意义上的"散文"都很难说，"散文"与"作文"岂能是一回事），因为那样最为便捷，也更加具有舒畅的快感。但是，人的经验是很奇妙的，在人的头脑中是一种没有形状的气态一般的存在，一旦形成文字，反而是将其锁定和窒息了。如果以后还想写作，但那轻盈的形态已经被书写（破坏）过了，便会不再想继续挖掘那块经验的内部。从这个意义上来说，经验有点儿像窖藏的白酒，一定要在记忆的密封罐里，捂的时间越久越好，杂质沉淀了，而香气变得浓郁。当然，这也只是我个人的偏见，这种有些极端的训练方式，也许对一些人也是受用的。就像福克纳说的，有些人注定要成为作家，怎样的生活和经历都不能改变和阻止他。不过，迄今为止，我还没有遇见经受过一百篇作文洗礼后成长出来的作家。（话说回来，这个时代无论在哪儿，作家都如朱鹮这种珍奇鸟类一般罕见。）

　　既然如此，我把当时的人文学院逐个扫描了一遍，除了中文，还有历史、哲学、人类学，看看哪里才是我的去处。扫描的办法倒是很笨的，没有去找人询问，而是自己去图书馆找来相关图书来读，看看哪些符合自己的胃口。历史和哲学，我本身就是很喜欢的，人类学之前是一无所知。但奇妙的是，我读了人类学的书籍之后，激动得不得了，发现这正是为自己量身打造的学科一般。有理论：各种关于文化的理论，又不像哲学那样艰涩，不像历史那么遥远。有实践：人文学者一般都是坐在书房的椅子里思考问题的，可人类学要求你必须走出去，走向那些不起眼的角落之地，了解那里的人们，用他们的文化来反思主流的文化。我作为出生在大西北藏区（金银滩草原，西部歌王王洛宾写《在那遥远的地方》的地方）的孩子，发现自己曾经所置身的边缘并非一无是处，甚至还包含着如此重大的学术内涵，怎么不令人激动呢？这类似于一种对于自己生命的再发现。因此，我毫不犹豫地决定要去人类学系。况且，我已经发现有很多人类学家都有作家的才能，甚至还有精彩的文学作品（想想列维–斯特劳斯的《忧郁的热带》中写的："去闻一闻一朵水仙花的深处所散发出来的味道，其香味所隐藏的学问比我们所有书本全部加起来还多。"）我愿意成为那样的人。

可那个年头，转系不是一件容易的事情，各个学院之间壁垒森严得很。于是，为了能把事情一口气说清楚，我只得分别写信给了校长、理工学院院长和人类学系主任，经过一系列的程序（极为不易），我终于顺利转系。拿到文件，看到0001号，内心百感交集。来到人类学系，人类学专业确实如我设想般对胃口，原本有些沮丧的大学生活变得充实丰富起来，写作方面的兴趣还在，但很明显，文化理论的研读，让写下的文字变得深刻起来。通过了解人类的文化，我也对写作这回事有了逐渐深入的思考。这纠正了我曾经对于文学的轻视，我以为这个行当只要有才华，都是可以混饭吃的。我从人类学的角度不经意地去打量文学，反而得到了更多的滋养。我那会儿写诗，也想写点小说，但发现小说的难度还不仅仅在于修辞，更在于生活本身，我不知道该写些什么，太宏大的题材于我当时来说大而无当，身边的校园题材我更是碰都不想碰，那些所谓的"青春小说"完全败坏了我对这类小说的兴趣。大学生在那些作者的笔下，幼稚得如同中学生一般，看过《麦田里的守望者》这样小说的人无法再接受那样的肤浅。我意识到，自己热爱文学的这颗心需要蛰伏下去，彻底蛰伏，哪怕遗落了都不可惜——那只能说明，自己并不具备写作的能力。

于是我沉浸在人类学的思考和学习之中，人类学研究异文化，期待"他山之石，可以攻玉"，这忽然让我明白了海明威谈写作的话："你老得想着别人。"我之前觉得，这和我写作的初衷是不符的，我之所以有写作的冲动，是因为我想表达自己，如果让我一天到晚都想着别人，那对我来说写作还有什么意义呢？但是，学习人类学让我明白，他者的意义是多么重大：没有他者，何来自我？文学中经常会倡导人类精神共同体，像是英国诗人唐恩写的："谁都不是一座孤岛，自成一体。每个人都是那广袤大陆的一部分……任何人的死亡都使我有所缺损，因为我与人类难解难分。所以，千万不要去打听丧钟为谁而鸣，丧钟为你而鸣。"但是，从感性上模模糊糊地认同不代表你从理性上真正知晓，人类学的研究让我切实感受到我和其他人共享着同一套文化体系，当然，这套体系是有层次的，是地方化的，但是在根本处却是一样的。文化塑造着我们的心灵，也塑造着我们的行为，我们在镜中只看到自己，如何能看到那些决定自己、比自己更广大的事物呢？那就是建构他者，获得来自他者目光的注视，以及与他者心灵的交谈。正如马丁·布伯在《我与你》一书中写道："'我—你'才是本质性的关系，才能创造出真正的关系世界，才能带来真正的相遇和对话，带来超越和意义，带向对'更高领域'的敞开，带来真正的自我实现。"从文化的反思与建构，到个人精神主体性的反思与建构，人类学与文学实在是有太多相通的地方。

大三的时候，我们全部被拉去广东的东部山区进行田野考察。此前总以为广东是中国最富的省份，但没想到出了珠三角，还有许多贫困的山区。粤东地区的山民大多从福建迁来，在迁徙和定居的过程中，形成了不同的宗族，也保留了许多过去的文化细节。人类学考察和记者采访大不一样，特别忌讳走马观花，因此要大致选定自己所要了解的对象，反复去观察与交流；更重要的是，问题的意识要在日常的聊天中随时保持"在线状态"。因为人类学讲究的是以对象的视角去理解他们的文化，所以不能用太过刻意的问题去引导乃至扭曲他们。你得和他们慢慢聊天，从中甄别出文化的元素。一开始，他们以为我们是记者，还时时提防着我们，但后来发现我们问的问题都和拉家常一样，才放低了戒备。久而久之，连赌六合彩被警察追捕、逃到山里的事情都和我们说了。

在那里的日子，我看似无所谓嘻嘻哈哈的样子，实际上无比专心地在聊天，第一次感受到了"世相"这个词语所包蕴的那些林林总总的东西。每一个人像沉重的石头一样，那么深地沉在文化的水中，石头的翻转，会激起微弱的涟漪，而水流的波动，可以轻易让石头滚动。那些平凡的人，我一直记得，他们因为长期喝茶，牙齿变得褐黄，笑的时候，牙齿就会暴露出来。他们有强烈的历史意识，他们未必都去研究族谱，但都从祖辈那儿牢记自己家族是从哪里迁来的。因此，他们敬畏祠堂，他们赚到钱之后，祠堂也得到了复兴，他们在那里找到了更紧密的认同感。这些人的生活，如果不是我前来研究，和我是一点关系也没有的，但是，我在了解他们生活的过程中，却总是觉得和自己是那么息息相关。我甚至会幻想，假如自己出生在这里，又会如何看待这个世界，这种对于生命的假设，对生命本身来说意味着很多，也许还涉及生命的本质。反过来想，我已经不可能出生在这里了，这是客观的事实，但我依然做出这样的假设，并按照相应的文化和生活逻辑，想象出我出生在这里的各种细节，从而推演出我的另一种命运。这不正是文学所要做的事情吗？田野调查之后，我写了篇人类学论文，关注的是国家主流文化对于乡村社区的控制与渗透。

转眼就要毕业了，尽管我特别有冲动去考人类学专业的研究生，继续自己的"文化苦旅"，但对文学的热爱让我已经开始"蠢蠢欲动"，我已经琢磨着摆脱了学校的体制之后，自己可以随心所欲地大干一番。于是，我的毕业论文变成了"四不像"（学术黑话叫"跨学科"），用人类学的视野研究沈从文的小说《边城》，论及了人类学民族志的写法问题。我在潜意识里几乎完全把人类学和文学当成一回事了。人类学的有些教授自然对此不以为然，但好在，反正我也不是为了一个好分数才来转系学习的。

毕业后，一直想找一个能糊口却不忙的工作，因为必须腾出一部分时间来阅读和写作。我曾去一家动漫杂志社应聘，干了三天就受不了而辞职。此后，又和搞音乐的朋友一起做原创音乐，我们做的歌被彩铃商买去，得了几千元收益。就在我们摩拳擦掌，聚集了一个三人组合准备正式进军乐坛之际，朋友的音乐公司因为人心各异（他们都是出来创业的大学生）忽然分崩离析了，朋友远走故乡，我也只能就此终止了成为一名"词人"的奋斗之路。我先后去一家学术刊物和出版社谋生，这倒是比较适合我的选择。这些辗转于时光风沙中的瘢痕，让我见识着社会与人生，领教着理想与贫穷，我的微薄收入，只够我租住在校内的单身教师公寓，那白天也黑洞洞的筒子楼的楼道，那一层楼几十户共用的厕所和洗手池，那狭小却温馨的室内单间，像是一艘无望而漂流的夜航船。

在我非常迷茫的时候，我读到了库切的自传体小说《青春》，库切作为IBM的一名程序员，却怀抱着对文学的隐秘热爱，在情绪和生活中充满了与我相似的迷茫感受。在计算机程序员和库切后来的那些耀眼的小说之间，有什么隐秘的关联吗？当然，就内容而言，《青春》中有着文学理想的程序员的形象，让人印象极为深刻。如果是一个有着文学理想的语文老师，似乎就会平淡许多。作为计算机程序员，一个离文艺很遥远的职业，恰恰具备这个世界的普遍性。那就是，大部分的人为了生活，其实都过着很不文艺的生活。但奇迹就在于，文艺的营养都是来自不文艺的部分，如果文艺来自某种"文艺生活"，那一定会带给人一种难以掩饰的做作的感觉。而且，我认为他曾经从事过程序员的工作，让他的小说都具备了更加强烈和鲜明的形式感。纵观库切的小说，每一部长篇小说都有着独特的结构，这让作家有效避免了自我重复以及自我厌弃。因此，库切最初给我的启示，不在具体的写作技巧上，而在于一种人生的态度。

我的写作在"创业失败"后才算是真正开始了。大学时代，写过许许多多的诗歌，但那些诗歌已经成为自我青春的见证，散佚了大半。大四的时候，在《读书》杂志上发表了一篇随笔《做乘法的凯尔泰斯》，只因听人说那是很好的杂志，只有作家张承志在大学时代在上边发表过文章，这引起了我的虚荣心，便跃跃欲试，不想还能交上好运。文章发表后，我便毕业离校了，我这才记得投稿时留的地址还是宿舍的，因此，每个周末我都会从校园西区走到东区（需要走半个小时），去宿管员那里看看信件。印象中一直没能收到样刊，至于稿费，好像是收到了。但是，我决心所要创作的小说，只有一些不成系统的片段。

让我第一次领略到小说是怎么回事的，还是在那黑暗筒子楼里的黑暗经验。我终于体验到了人性的恶是怎么回事，我也没有回避自身所潜藏的恶，我的叙事在那种"斗争"的状态下找到了前行的动力。一方面因为首次写那么长的文章（《非法入住》约有两万五千字），另一方面由于需要作品和自己保持一种疏离感，所以我用了第二人称"你"来叙述，我觉得那个视角实在是非常符合我当时的心境。但也因此我被视为"先锋作家"。老实说，我一开始并没有那样的自觉意识，当然也读过文学史，读过余华、苏童、格非等作家的早期作品，那实在是"先锋"得很，而自己的小说离那样的"先锋"确实有不小的距离。说到这里，我又得庆幸一下自己没有一开始就读中文系了，如果那时开始做论文，研究"先锋"什么的，肯定会锁死自己之后的写作，总会想着"先锋"应该是什么样子的。但人类学的学习，让我读小说时，有种纯粹的读者视角，也就是希望故事好看，但又不止步于故事本身，渴望能有更深的意蕴，那便成了我的努力方向。《非法入住》写好的半年后，在《大家》杂志顺利发表，终于让我坚定了写作的道路。既然我一开始的目标只是"发表"，那么我此后所获得的一切都让我觉得奢侈。写作十几年，自然存在着对于"发表"这回事已经麻木的时刻，但"发表"作为一种路标始终让我保持着清醒：文学之路走得再远，奖项与版税再多，依然还得立足于"发表"。其中蕴含着我对文学期刊编辑的巨大感激，在这个丧失了艺术与精神尺度的时代，他们依然是"尺度"的使者。因此，"发表"在我这里已经成为一种郑重的精神事件。

拉拉杂杂地说了这么多专业背景的学习与个人的经验心得，仿佛写作之路非如此不可，但这只是我这个人的路径罢了，如果其中有些地方能触动他人，在心灵的对话中促进了思想的生长与传播，我就心满意足了。其实，认识和实践在很大程度上是两码事，还是以我多年的经验来说，写作的时候越是忘记那些理论的东西，越是能获得自由。但是，问题在于，如果没有平时大量的理论思考，写下的文字又不免苍白无力。这正好说明了在人类心灵的疆域上，理性与感性是怎样相互联系和相互补充的。写作，作为心灵的一种活动，不能偏废于哪一边。

在我看来，在这世界上，没有任何知识和艺术可以像写作这样关涉人类社会的方方面面，又同时关切个体精神深处的疼痛与欢喜。换句话说，写作兼顾了人类与个体，兼顾了文化与心灵，兼顾了物质与生命。每个作家的重心都不同，有些作家擅长描摹物质，有些作家只盯着心灵，有些作家聚焦于文化分析，但他们都知道没有写到的、另外一侧的事物也是非常重要的，只是因为自己的性情、经验等缘故不得不选择了这一种罢了。写作是一种探寻，文学是一种呈现，诗人米沃什提到文学是人类生活的"第二空间"，但这个空间与人间并非泾渭分明，而是如此密集地扎根于人间的土壤，以至于构成了人间的真实部分。当其他的学科、知识、体系、结论时过境迁之际，文学依然紧裹着它的内核，那些文学史的经典在阅读中再次复活，只是对它的阐释和理解有了和时代同步的变化。不妨这么说吧，写作特别像是在给人类的存在本身勾勒形象，我们借此来看见和理解自身。在今天这个剧烈变化的历史时刻，一方面文学看上去在远离公众，但是，另一方面，人类却是如此迫切地需要文学为这个破碎和重聚的时代描摹出真切的心灵图谱来。

辑

一

我的先锋小说观

　　小说是最难有定义之法的，更何况是先锋小说。先锋小说是小说中的小说，先锋小说家是更加懂得小说为何物的人。小说究竟在表达什么？它为什么是不可替代的？在目前这个信息泛滥的社会，小说何为？尽管每个作者心中有不同的答案，但是对这些问题进行思索是一个优秀小说家的出发点。写作者通常不想把自己的想法固定下来，我也一样，可面对这样一个给定的题目，我只能顺着艺术的感觉与以往的思考列出几个方面，大致把握我心目中究竟何为"先锋"的小说。我想，这几个方面依然无法说出先锋小说的全部内涵，就像人类对生活的意义已经寻找了千百年，还将继续寻找下去一样。

先锋小说是新的话语范式

"先锋"这个词本身就是军事用语，我们不可忽视它的本意，那就是提前抵达的攻击与突破。

在现代汉语文学的语境中，我觉得有过两次这样的攻击与突破。第一次是以鲁迅为代表的新文学运动，那是难度最大的一次文学变革，是绝对意义上的先锋文学；第二次便是20世纪80年代以余华、格非、残雪、苏童、潘军等人为代表的那场小说实验运动，继鲁迅之后，现代汉语小说再次有了叙事上的自觉与创新。第二次运动对中国文学最大的贡献就在于艺术形式方面的突破，极大地提升了汉语小说的质量，使得许多现代的叙事手法至今为众多写作者所习用。正如作家吴玄所说："先锋已经成为我们的传统。"

艺术形式即内容，当时先锋小说的内容恰恰是回避了某些意识形态过重的内容，修补了权力对文学所造成的伤害。仔细琢磨起来，这是非常奇妙的，"无"就是"有"。但现在回头再看，不得不承认，那是一场未竟的事业，最终所实现的离当初所预期的有着很大的落差，与拉美的文学爆炸相比要逊色很多。这有着文化政治等多方面的因素，除此之外，我想它最大的软肋也正是这种"无"。随着历史的进一步发展，文化语境也在不断改变，"无"的反抗性失效后，现在"无"又在召唤着"有"。也就是说，先锋小说需要在内容与实质上进一步进行探索，对时代话语的陈规陋习进行攻击，确立新的话语范式。

所谓"话语"，就是作品文本与时代语境的彼此互动，因此，先锋小说天然就具备一种批判的精神。当某种鲜活的话语逐渐变得公众化乃至陈腐之时，先锋小说就会开辟新的话语战场。正如昆德拉所说的："艺术是通过对抗时代来取得自身的进步。"但我们得先知道，这是个怎么样的时代，它最不可容忍的地方在哪里。

先锋小说是对现代性的深化

现代小说起源于欧洲，但这种艺术形式已经成为全人类的财产，早已不局限在欧洲本土，俄国、美国、拉丁美洲，乃至日本与非洲，都渐次成为小说艺术的高峰。坦率来说，我们的小说与世界小说的差距是客观存在的，也许是因为现代汉语的历史还不久。不过，当这个理由遭遇鲁迅的时候，总是令人汗颜的。

我一直认为鲁迅身上最独特的气质就是他的现代感，这是他和当时其他作家的最大区别。其他的作家尽管大多留过洋，但传统的文人气太重，反思与追问的意愿及能力比较薄弱。鲁迅的以《野草》为代表的作品至今读来依然深邃厚重，不但与艾略特的《荒原》等现代主义经典作品有相通之处，而且深具个人的思想与风格。此外，鲁迅有承担历史命运的文化勇气，他提出的"历史中间物"一说影响深远，也隐含了他自己的谦逊。他是神学家蒂里希所说的那种具有"存在的勇气"的作家。

在这里我专门提到鲁迅，是觉得中国文学依然要在鲁迅开辟的"现代"的道路上继续走下去。据有些学者说，现在中国已经是后现代社会了，也不需要启蒙了，我对这种论调持否定态度。我们要讨论的只是启蒙的方式问题，而非是否要启蒙的问题。置身在中国的语境下写作，要继承现代汉语文学发端以来的理想，这是我们这一代作家的使命所在。

先锋小说在面对现代性时表现出了多重的维度，除却对现代生活中那些短暂、碎片的事物进行叙述之外，它还应该具有思想的锋利，穿透各种谎言的帷幕。它也许是带着古典主义的感伤朝后看的，也许是对未来的乌托邦进行解构的，但它正是通过这种"反现代性"来获得自身的现代性。而所谓的"后现代"其实是从"现代"衍生而来的，后现代呈现了一种更加崩溃与无秩序的碎片景观，先锋小说就是要在这样的混乱中书写人类的悲剧，从正与反两方面召唤更美好的事物。即使有一天先锋小说随着文学一起倒下死去，它的脸也会一直朝着人类所梦想的方向。

先锋小说是个体生命的灵魂叙事

现代社会发明了新的权力统治技术，正如米歇尔·福柯所揭示的那样，它用诸多隐蔽的规训方式来塑造个体，并伴之以更加针对精神层面的惩罚，使个体自觉地臣服于权力。先锋小说是在这种严苛处境下坚持个体的立场，进行最后的挣扎与反抗。它抵御着"公共"对"私人"的无限制吞噬，为个体生命的灵魂叙事保持最后一方领地。

没有个人生命体验的文字是苍白的，先锋小说应当更加深入地探求人的自我意识。但是，探求人的自我意识却不是以对自我的沉溺为归宿的。明代来华的意大利耶稣会士艾儒略，在其《职方外纪》中对中国人普及"地球是圆的"的知识时这样写道："地既圆形，则无处非中，所谓东西南北之分，不过就人所居立名，初无定准。""无处非中"，言简意赅，意味无穷。在大地上乃至宇宙中，哪里都可以成为中心；只有相对的中心，而没有绝对的中心。李泽厚将这个世界形容为"一室千灯"，是非常形象的。这就是文学的"无我"，先锋小说应当更加关注他人的精神世界，在"灯"与"灯"之间架起沟通交流的叙事之桥，这才能建构起人类共同的精神家园。

文学是最独特的一种知识，它从来不是为了某种实用的技能，它的全部努力都在于通过激活个体灵魂的存在感，继而保持住人类精神世界的鲜活。对于现代的小说家而言，他要直面灵魂的完整性被现代世界的技术与疯狂所撕裂之后的废墟，他需要用作品去抒写人类对灵魂重新完整起来的深切渴望。

先锋小说是一种新史学

小说也是一种历史学，也许它不再是巴尔扎克笔下雄心勃勃的"风俗研究"，但它依然是关于人类日常生活的历史学。尽管大事件在历史上影响深远，但实际上日常生活却占据了历史的最大份额。这就类似宇宙中的暗物质与暗能量，它们无法直接观测到，却占据了宇宙百分之九十三的质量。

人类生活中如此巨大的"无名存在"难道真的是毫无价值吗？肯定不是的。日常生活并不是没有意义的碎片，美国哲学家理查德·罗蒂说："语言和信念之外，真相并不存在。人类应当关注日常生活，而不是通过理论发现什么。"诗人菲利普·拉金说得更加实在："除了在日子里，我们还能活在哪儿？"文化史研究的兴起就反映了这点，但是，文化史也只是关注到了日常生活的器物方面，由器物进入心灵的这层飞跃只能靠文学的想象来完成了。

小说要为那些不值一提的无名之物命名，要为小人物的小日子树碑立传。但是日子并不是有些小说中呈现出来的无聊与琐碎，这只是日子表面上的浮光掠影，日子的内涵也是需要去发现乃至去发明的。那种直接仿制"日子流"的写法其实是非常艰难的，可以想想格里耶为代表的法国新小说、贾平凹的《秦腔》，乃至意识流的经典《尤利西斯》，都是作家高度艺术加工的结果。

从另一个角度来看，自海登·怀特的《元史学》出版以来，历史文本的虚构问题已经成为后现代理论的重要反思之一，这种"虚构"其实并非就是"伪造"，而是指历史的叙述同样受制于语言学和叙述学的原则。这两个原则恰恰是文学的核心问题，因此，历史学与文学在深层结构上其实并无二致。也就是说，先锋小说甚至可以"鸠占鹊巢"，取得叙述历史的合法性。比如在博尔赫斯那里，所有过去的历史文本与人物都可以成为他的小说素材。

其实人类研究历史，是为了获得"此时"的深度。这种深度，尤其是日常生活的深度依赖于所处时代的文化叙述能力，只有在叙述中生活的意义才能被源源不断地生产出来，阐释出来。有什么样的叙述，就有什么样的认知，继而这样的认知决定了生活的方式与内容，这就是"生活模仿艺术"成立的原因。所以，谁还敢说小说的叙述仅仅是一种文字上的务虚呢？先锋小说之所以是一种新史学，就在于它不仅能重新阐释历史，而且还提供了崭新的历史阐释方式。

先锋小说是对存在的大胆想象

我们与现实之间的关系，是认知的，也是想象的。如果我们的现实没有掺杂丝毫的幻想成分，它早就四分五裂地解体了。

学者本尼迪克特·安德森的学术名著《想象的共同体》就研究了"民族–国家"是如何靠想象来凝聚成一个共同体的。书中指出："资本主义、印刷科技与人类语言宿命的多样性这三者的重合，使得一个新形式的想象共同体成为可能，而自其基本形态观之，这种新的共同体实已为现代民族的登场预先搭好了舞台。"我们不但靠想象将民族、国家视为安身立命的利益共同体，而且也是靠想象来获得人类的整体意识，脱离这些历史条件，是不可能有个体的存在的。

除此之外，我们在注重内心的真实、存在的真实之时，也不可忽视存在的不确定性。在海德格尔那里，他强调存在的语言性，以"言"为"道"；伽达默尔在此基础上指出语言的性质：被理解的那部分存在。因此，我们与存在之间的关系说到底也是依赖想象的，一种大胆的、有效的，富有穿透力的语言想象，才能触摸到存在的真实。我们不要试图去摆脱幻想（那不可能），我们只能去厘清是何种幻想在支撑着我们的现实。因此，要改变现实，首先需要改变的便是对现实的幻想。因此，小说是对存在的想象，而先锋小说应该是对存在的大胆想象。米兰·昆德拉有个著名论断：小说是对存在的勘探。这并不矛盾，就像是得先有图纸，再开始施工。

进一步说，存在是通过具体的处境显现出来的。"我们过着以挑选出来的小说为根据的生活。我们对现实的看法由我们在空间和时间中的位置来决定——不是像我们喜欢想象的那样由我们的个性来决定。因此，对于现实的每一种解释都是基于某个特殊的位置。向东两步还是向西两步，整个情况都会改变。"——《巴尔萨泽》，抄写在卡佛的一个笔记本中。（转引自卡萝尔·斯克莱尼卡《雷蒙德·卡佛——一位作家的一生》）卡佛作为优秀的小说家，深深懂得处境更能决定人的命运。变动不居的处境就像是特殊的溶液，能让存在的影像逐渐清晰起来。

最后，我想说的是，小说家并不是自认为比别人高明的哲人，他的全部努力是去成为最普通的那种人，也就是低于生活的那种人，那样他才能获得一个最低点，得以完全敞开自身的想象力，从而抵达存在的深处。

写作的深度现实主义

　　我从来不会反感"现实主义"这个说法，尽管我的写作常常被认为是有点儿"现代主义"的，但很显然，"现实"比"现代"的覆盖面更广，内涵更深厚。"现实"也许可以拆解成两层意思，现在、此刻的即时性，以及客观存在的事物和规律。那么"现实主义"的写作便是着力于抵达此时此刻的事物本身，具有相当的现象学味道。但是，抵达的曲折过程、主观的局限理解以及世界本身的变动不居，都让现实不是不言自明的，否则便不会有"启蒙"，这个词的本义就是照亮。

　　法国学者罗杰·加洛蒂在他的名著《论无边的现实主义》里论述了卡夫卡、圣琼·佩斯、毕加索三个人的艺术，从小说、诗歌、绘画三个角度对现实主义进行了深入思考，或者说，在现代主义作品里边指认出了现实主义的强大存在。不过，这样一来，也带来了一个疑问，那就是现实主义变得无边之后，这个概念面临着失去界定的风险。没有界定，意义像水雾般弥漫而起，不见踪迹。

现实主义，还是需要一个界定。

"现实"呈现出一种流动性，在社会学意义上是分层的。而且，它既是物质的，也是精神的，根据每个个体的社会身份、境遇乃至性别、性情的不同而呈现出不同的面貌。我想，与"现实"相对应的词是"时代"，"时代"可以视为一种总体性的现实状况，这是由每个个体现实汇集而成的一种倾向。故而，我认为作家的工作便是深入体悟个体的现实，然后以写作的方式把握一个时代的现实状况与倾向。这便是我理解的"现实主义"，现实主义的内核其实是一种个人与时代的深层关系。

在这个时代，信息非常发达，社会结构也相对稳固，人的经验是特别容易雷同的。那么我想一种能打动人的写作，就不仅仅要呈现经验，还要反思经验、穿透经验，才能让作品获得照亮的能力。这就需要个人经验与时代经验彼此介入、血肉相搏的写作方式，思想诞生在这样的辩论当中，像是光束探进了黑暗，事物不仅获得了形状和颜色，世界也由此有了维度与景深。这便是写作的深度现实主义。

面对过去的维度，写作的"深度现实主义"应该步入"历史化的个人写作"。这与20世纪90年代以来的"个人化写作"不同，它并不回避公共领域的事物，甚至不回避历史的总体叙事，而是凭依前辈作家积累并修复起来的个人体验去重新进入历史。进入历史，并不意味着一定要书写历史题材，而是意味着将自身获取的个人经验置放进历史与文化的现场中去辨析、理解和自省。记忆、建构与心灵，是这个过程的关键词。因此，我尝试写了中篇小说《多普勒效应》，探讨了与之有关的隐秘世界。

面对此刻的维度，我们应该直面我们的现实处境与具体语境，回应"如何讲好中国故事"这个问题。当今时代，全球文化与信息通过经济活动和互联网激烈碰撞、复杂交织在一起，中国作为其中至关重要的一环，既要面临这种复杂的处境，又要面对传统文化的现代转型，还要建构自身的文化主体性，的的确确是千头万绪，有精彩纷呈，也有迷茫莫解。在这个意义上，我们思考"中国故事"，才有了背景与参照。换句话说，我们召唤的"中国故事"是有所指的，而不是说跟中国人、中国文化有关的故事就是我们所期待的"中国故事"，要不然，我们现在光是每年的文化产品都是天文数字，早已不用再提这个问题了。

"中国故事"是为了回应、回答当代中国人的存在状况。不管是从细微处着手，还是从宏观上把握，只要能深度介入到人的存在状况当中，便有可能成为好的中国故事。因此，好的中国故事一定是创造性的，它在寻找一种有力的艺术形式。而这个创造性的出路，我认为在于立心与立人。我们在中国故事里，根本的渴望是寻找、发现和看到当今中国人心灵的幽微之处，辨认出我们自己的模样。我的小说集《生活课》收录的是我近年来创作的与城市生活相关的小说，尤其是与广州、深圳这样的巨型都市有关的小说，便是努力去寻找、发现那些正在逐渐生成的一些关乎心灵的中国经验的尝试。

面对未来的维度，我们意识到未来不再停留在幻想的层面，而是现实的有机组成部分。在人类历史上，从没有像今天一样对未来做出各种设想，这种设想不是一种浪漫的幻想，大多是基于当前的科学认知。而且，电影、VR等技术的发展，让"未来"非常逼真地呈现在我们眼前，我们时常已经忘记了那个真实的自我，而把情感投射出去的那个虚拟对象当成了自我。蒸汽时代、电气时代，那些怒吼着的庞大机器让我们望而生畏。而如今，小巧玲珑的手机、电脑随着手指的轻抚变幻着纷繁的页面，我们已经没有多少人会去惊讶地追问：这是怎么做到的？这种技术的原理是什么？这种技术就是这么默默无闻地构成了我们的现实本身对于这种现实的拷问与思辨，恐怕是一个作家必须面对的课题。因此，我对李敬泽先生的这句话很有共鸣："我们的现实不仅包含和沉淀着过去——对此我们有比较充分的准备，但是好像人们忽然意识到，我们的现实同时经受着未来的侵袭，未来不再是时间之线的另一端，未来就是现在。"

未来就是现在，因此我写了科幻小说《后生命》，将生命的局限性推向极致。用一个宇宙级别的尺度审视人，不仅会像我们常常感慨的"人是多么渺小"，而且一定会更加强烈地发现人的伟大。这种伟大几乎有一种令人战栗的美。

现实主义一定是关乎人的存在的，与文学的创造息息相关。写作的致命诱惑便是让人突破时间的线性制约，以意义生成的方式去安排世界的不同部分，逼近一种终极的自由。我对此一直感到惶恐不安，并暗自兴奋。我喜欢将个人渺小的写作与重大的意义联系在一起。越来越多的人开始公认，人类对自身的认识从来都是以叙事开始，以叙事导向意义的目的与终点。没有对现实的叙事，我们对于自身的生存图景便会失去清晰的判断。小说家面对世界的时候，特别像盲人摸象，他以虚构和叙事来构造一个"摸象"的动态意象，他与那些经常宣称摸到了腿、摸到了尾巴、摸到了鼻子的专家不同，他永远处在不确定的犹疑之中，他看上去似乎没那么自信，但他总是试图用流动的叙事勾勒出大象的全部轮廓。

写作在召唤和创造着阅读

——在首尔东亚文学论坛上的发言

仔细反省自己的写作，我惊奇地发现，我自一开始写作，脑海中几乎没有读者的位置，我对谁会读我的作品完全没有考虑。我并非自负之人，恰恰相反，这应该缘于我的谦卑而漫长的阅读史。我很可能当不了作家，但我无法想象自己不再阅读，完全沉溺在现实当中。阅读是区别于现实的另一个空间，在我看来，写作和阅读所进入的是同一个空间。我愿意借用诗人米沃什对文学的一种定义："第二空间"。这个空间不是机械地凌驾于我们的现实空间之外，而是与我们的现实空间保持着错综复杂的对话关系。

作为读者，我读了各个国家大量的文学作品。每当读到韩国、日本的文学作品时，那种感觉与读其他国家的作品是不一样的。我心里会涌起神秘的亲切感。韩国、日本作品中那种对于家庭成员的格外关切，以及含蓄的情感表达，都能激起中国人心底的微澜。我们自然可以说那是儒家文化的一种特征，但我们可以往深层思考，为什么会有儒家文化，又为什么可以接纳儒家文化，一定是基于那种生命观念与生活方式的深层相似。我更愿意从这种深层的相似性上去理解韩国、日本的作品带给我的那种亲切感。

因此，当我读日本和韩国的文学作品时，我在其中所寻找的是一种源自相近地域的文化唤醒能量。

对于韩国文学的了解相对较晚。席卷电视屏幕的"韩流"让中国人开始对韩国有了真实而确切的了解。那些家庭伦理剧让无数中国人为之着迷，而后又发现了韩国电影的多姿多彩，像金基德、李沧东、河正宇等导演、演员在中国有着很高的知名度。我不免好奇，他们当代的文学会是什么样子的呢？通过金冉先生翻译过来的《韩国现代小说选》，我对韩国小说有了很好的印象。我逐渐知道了金仁淑、申京淑、金熏等一批作家，我被他们深深吸引。有一天，朋友告诉我，一位韩国作家获得布克奖了。我去了解后，发现是韩江的《素食主义者》，之前早已读过。那部奇特的作品曾伴随着我度过了一次漫长的飞机旅程。那部小说体现了东方现代作品在表达和处理生命意识时可以抵达怎样的复杂和微妙。它获得了世界范围内的共鸣，为此我感到高兴。

日本文学的丰富不必多言，从川端康成到安部公房，都是我喜欢的作家。我在这里想提到大江健三郎先生，他开始作家生涯时，就有一个愿望：创造出作为世界文学之一环的亚洲文学。我对他的这段话念念不忘："我所说的亚洲，并不是作为新兴经济势力受到宠爱的亚洲，而是蕴含着持久的贫困和混沌的富庶的亚洲。在我看来，文学的世界性，首先应该建立在这种具体的联系之中。"这段话出自大江先生获得1994年度诺贝尔文学奖时的演讲。那时他便发出了这样感人的声音，我觉得我们对于他所倡导的，回应得非常不够。

东亚，从太空中看这片土地，既像是世界的开端，又像是世界的末尾。当然，地球是圆的，每个地方都符合这样的说法，但是，当我们把目光投向那片浩瀚无边的太平洋，我们就会意识到对这片土地而言，这种说法所具备的强烈确切性。这一点在进入历史和文化的层面之后，会变得更加鲜明。这片土地上有着漫长连贯的历史、璀璨炫目的文化，但在西方的话语中，这片土地却被称为"远东"。远与近，开端与终结，延续与重生，便在数百年来的世界现代化进程中，成了这片土地的主题之一。"东亚"作为一种文化、历史与地理综合而成的概念，可以与之类比的，也许只有"西欧"。世界的两端有着惊人的相似，而世界两端的相遇与融合，也几乎成了整个当代世界的一则寓言。

上述这些，都是我作为一个读者的感受。在我看来，一个好的作家必须得是一个好的读者。我特别想在这里强调："读者"是一种概念的虚构。罗兰·巴特认为作品完成，作者便死去。但实际上，每个文本背后都有一个确定的作者，而无法确定的恰恰是读者，读者究竟是谁？可以是你，可以是他，可以是任何正在阅读的人。也就是说，读者并非一种身份，而是一种在场的状态。以我自己的写作生涯为例，我遇到每一位读我作品的人，既修正和完善我的写作，也修正和完善我对于现实之人的认识。不再有读者，而是一个个鲜活的人本身。写作在召唤和创造着阅读，阅读如水，浸润每一个来到语境中的人。

最后我想说，每个人都有权利成为那个"第二空间"的精神公民。那个空间没有国界，不分民族和文化，因为写作和阅读都出自人性的基本处境。但奇妙的是，文学又带有鲜明的国家、民族和文化的印迹，那些印迹不仅没有成为阻挡人们的高墙，反而让人们通过那些印迹对彼此有了更加深刻的理解。正如东亚，我们在文化上的同根性与独特性，造成了既相似又疏离的当代状况，除了深入地阅读彼此的文艺作品，我想不到有更好的亲近之道。因此，我依然如此渴望和迫切地想要阅读东亚国家的作家作品。我相信这种心情一定也蕴含在你们的心中。

新寻根、异风景与高科技神话

——"新南方写作"的美学可能

    如果非要我说对地理风貌的喜爱，那么，出生在西北的我，还是更喜欢西部。在我的感受系统当中，西部的苍凉风貌更加对应内心的深层存在，那种具有强烈精神性的风景对我影响至深。

    但是，我已经在岭南生活了二十余年，尽管仍然会有各种不适，可比起初来之际，早已是"驾轻就熟"，在旅途中被人问起从哪里来，都会不假思索地说"广州"。

    文学是处境的艺术，一个作家不可能逃开环境对写作的影响。即便那些在南方寓居多年还在写着北方故乡的作家，假如我们细读他们的文本，仍可以辨析出环境是如何重塑了他们的想象。

    我无法想象萧红在东北能写出《呼兰河传》，她必须置身在遥远的、温暖的、现代的香港，才能看清故乡的一切。

香港是她的望远镜，她用这架望远镜看向东北故乡，就如伽利略用望远镜看向月球一样，神话的美学消失了，但另一种美学诞生了。

一般来说，写作者不大考虑这些事情，他所看重的是如何表达，而不是为何会如此表达。后者体现的是批评家的智慧。

对我的变化，批评家杨庆祥敏锐地捕捉到了，他写道："在王威廉较早的作品中，比如《听盐生长的声音》，还能看到非常明显的西北地域的影响，作品冷峻、肃杀。这种完全不同于南方的地域生活经验或许能够让他更敏锐地察觉到南方的特色。从生活的角度看，与其他原生于南方的作家不同，王威廉更像是一个南方的后来者，他最近的一系列作品如《后生命》《草原蓝鲸》引入科幻的元素和风格，构建了一种更具有未来感的新南方性。"读完这段论述，我深感惊异，因为我总是觉得自己的写作是超越地域的，是在寻求着具有普遍性的思想，但事实上，南方之南的地理环境，居然不仅渗透进了我的日常生活，还渗透进了我的思想构建。

因此，我不得不格外重视起"新南方写作"这个批评概念。

庆祥的这篇文章有个比较长的标题：《新南方写作：主体、版图与汉语书写的主权》，呈现出丰赡的视野，未来的学者假如要研究"新南方写作"这个文学现象，这篇文章是绕不开的。

文章对"新南方写作"的理想特质做了四个方面的界

定：地理性、海洋性、临界性和经典性。"地理性"和"海洋性"比较好理解。其实，海洋性也是一种地理性，只不过传统的中华文明是大陆型的，对"海洋文明"的强调，所召唤的是一种未来性。

"临界性"从字面上看比较费解，但在我看来，这是关于"新南方写作"界定中最重要的概念，值得全文照录：

> 这里的临界性有几方面的所指，首先是地理的临界，尤其是陆地与海洋的临界，这一点前面已有论述，不再赘言。其次是文化上的临界，新南方的一大特点是文化的杂糅性，因此新南方写作也就要处理不同的文化生态，这些文化生态最具体形象的临界点就是方言，因此，对多样的南方方言语系的使用构成了新南方写作的一大特质，如何处理好这些方言与以北方方言为基础的标准通用汉语语系之间的关系，构成了一个挑战。最后是美学风格的临界，这里的临界不仅仅是指总体气质上泛现实写作与现代主义写作的临界，同时也指在具体的文本中呈现多种类型的风格并能形成相对完整的有机性，比如王威廉的作品就有诸多科幻的元素；而陈春成的一些作品则带有玄幻色彩。

无疑，"临界性"是对新南方写作的"异质性"的一次重要命名。正是在这些复杂多样的"临界性"中，新南方写作才显露出了丰富的异质性。

关于第四点，所谓的"经典性"，不是指新南方写作已经成了经典，恰恰是说"新南方"相较于已经涌现出了众多经典作品的北方、江南等地，它在经典上是匮乏的，是未完成的，而它的这种异质性，在美学上的终极状态，则必然要以经典的方式来凝聚。

——这四个方面的界定，不仅让"新南方写作"这个批评概念呈现出了相当清晰的面目，而且让我涌起了某种写作的冲动。好的批评便是如此，不只是下结论，更是启示录，往往能激发出更多的作品来回应这种美学的可能。

其实，关于"新南方写作"的话题，在许久之前我就参与了探讨。庆祥对此在文章中也有提及："2018年11月举行的《花城》笔会上，我和林森、王威廉、陈崇正、陈培浩在南澳小岛上就'新南方写作'做了认真的非公开讨论，并计划在相关杂志举办专栏。"我记得当时还"远程"邀请到了青年批评家唐诗人，他以"音频连线"的方式也参与了这次非公开讨论。但随后沉寂颇久，直到2020年，陈培浩在《韩山师范学院学报》（第4期）推出"新南方写作"的评论专辑，这个批评概念才首次正式亮相。陈培浩作为主持人的文章《"新南方"及其可能性》提出"新南方写作"这个概念是面对未来与可能的，应该成为阐释当下广大南方之南写作现象的批评装置。在那个栏目里，由徐兆正、刘小波、朱厚刚、陈培浩、杨丹丹、宋嵩六位批评家，论述了罗伟章、卢一萍、朱山坡、林森、王威廉、陈崇正六位作家。我在重新回顾之际，感兴趣的是罗伟章与卢一萍两位巴蜀作家的在列，意味着"新南方"的地理空间并非狭隘的，更是指向一种美学上的创造。

时间到了2021年，重要的学术期刊《南方文坛》（第3期）也推出了"新南方写作"专辑。在栏目的主持语中，张燕玲主编写道："我们探讨的'新南方写作'，在文学地理上是向岭南，向南海，向天涯海角，向粤港澳大湾，乃至东南亚华文文学。"然后，她解释了何为"新"："以示区别欧阳山、陆地等前辈的南方写作，是新南方里黄锦树的幻魅，林白的蓬勃热烈，东西的野气横生，林森的海里岸上，朱山坡的南方风暴……文学南方的异质性，心远地偏。"在她为"新南方写作"勾勒的简笔画中，有两点值得重视：首先，"新南方"的地理空间是极为广阔的，远远超越了一省一市的画地为牢，它是敞开的，绝非一种争夺话语权的政绩思维；其次，"异质性"是"新南方写作"最重要的艺术特点，换句话说，并非所有在这个地理空间中产生的文本都可以自动成为"新南方写作"，其中只有那些具备了强烈美学特征的文本才能称得上是"新南方写作"。显然，张燕玲有力地呼应了杨庆祥和陈培浩的批评观念，让"新南方写作"

挺进了主流的文学场域。

即便我个人不属于"新南方"，我依然非常希望这个批评概念能成为中国文学的一次话语突围。因为，中国文学进入21世纪至今，这二十年来，以往的全部批评概念几乎都在失效，只剩下了以代际为主的批评概念。在今天做文学批评，甚至可以不读作家的作品，只看作家的出生年代，然后将作家归入"××后"便可了事。如果说，一开始这只是对"几代同坛"的作家进行区分的权宜之计，有着一定的合理性，但长期沉浸在这种丧失美学特质的批评概念中，文学仿佛变成了一架自动运输带，出现了很多违背常识的现象。比如，出生时间相近的作家，写作风格就必然是接近的吗？文学新面孔就一定代表了文学之新吗？出生于1979年或1989年的作者，与出生于1980年或1990年的作者，真的存在着某种断裂吗？……时过境迁，这种"××后"的批评概念越来越成为一种美学上的偷懒，从而造成一种严重的后果：作家变成了不同批次的同质商品，作家个体间的差异性与异质性变得越来越不重要。我们深知，文学的灵魂是植根于差异性与异质性中的。而在这种大背景下，"新南方写作"这个批评概念显得生机勃勃，它想要从机械论的荒原上逃出，重新探寻一种写作美学的可能性。

更何况我已经生活在"新南方"，这个概念促使我重新反思自己许多固有的观念。比如说，我热爱西部的风景，觉得其中有着极高的精神性，但这种对西部风景的印象认知与某种文化建构究竟有没有关系？经济与文化的关系一直被人津津乐道，经济发达的地方往往人文鼎盛，而西部在经济上无疑是贫瘠的，它如何占据了文化上的高地？这些问题不易回答，而我越是思考"新南方"的当代语境，越是接近了这些问题的内核。

从大历史的视野看，在古代的大陆文明时期，西部才是文明的前哨，一直处在中华文明与其他文明的激荡交汇之中，正因如此，西部文学才能够汇入中国文学的主流。那么，反过来说，如今处于海洋文明时期的"新南方"，恰如当时大陆文明时期的西部。在"新南方"，这种东西文明之间的激荡交汇也已历经百年，正在挺进全球化的纵深之地，其中的困境与希望已经不限于一个民族一个国家的内部，而是属于全人类。"新南方写作"不仅要汇入中国文学的主流，更要汇入世界文学的主流。

当我意识到这种历史处境时，便从整个文脉的流转中，从中心与边缘的对话中，充分感知到了这个批评概念所蕴含的积极活力。

我从写作的角度，尤其是结合自己创作的角度，试着从新寻根、异风景与高科技神话这三个方面简单谈一下我对"新南方写作"的理解与期待。

寻根文学是新时期文学影响最大，成就也最丰的文学潮流，在其影响下，作家要建立自己的地理根据地的观念曾经风靡一时，莫言的高密东北乡，贾平凹的商州，苏童的枫杨树故乡等，都已经成为当代文学版图里的重要地标。但是，今天的生活在城市化进程与互联网技术的作用下迅速同质化，传统的故乡生活及其秩序正在被抽空而解体，人们被裹挟到了一种无根的状态中。但是，人真的能彻底失去大地的根基吗？那是很难的，也是危险的。因此在写作中，即使不必有个小根据地，但重新恢复人与土地的关系是极为必要的。人将在一个更大的空间里面接受环境的改变、塑造与影响。接续寻根文学，走向新寻根是"新南方写作"的必然。

如果我们不将"新南方写作"局限于当下，那么在我看来，韩少功的小说《爸爸爸》《马桥词典》已经构筑了"新南方写作"的许多母题。差异甚大的方言曾经让"新南方"保持在一种荒蛮与喑哑当中，遮蔽与反抗构成了一种暧昧的同构关系；那么在今天，"新南方"显然在寻求着一种敞开与确立，这种语境的微妙变化将给写作带来怎样的新变？一个讲普通话的马桥人，该如何叙述自己的故事？他需要一本新的词典还是他的故事逐渐被稀释掉？

我曾在广东北端的梅岭古道抒发过怀古思今的幽情，历史上那里接纳过无数南下的流放者，包括苏东坡，而如今，无数的人主动南下是为了追求人生的更高梦想。"新南方"变得更富庶更安定，正如海南作家林森在《蓬勃的陌生》一文中提到的："当北方乡村陷入凋敝之际，南方的乡村却依然保持着活力。"当然，北方乡村这些年也在努力恢复生机，但与新南方相比，对于政治力量的需求更大，而"新南方"则远离政治中心，一直有着绵延的宗族认同，隐藏着暧昧的民间世界。

不过，在这里要强调的是，新寻根一定不是仅仅寻求"新南方"这块地域的文化之根。新寻根的根，是复数的。以广东为例，多年来，广东不仅经济总量全国第一，人口数量也是全国第一。它的人口构成不像传统的人口大省，如四川、河南，是靠本地人的生产，它的人口是缘于移民的汇聚。比如在广州开出租车的大部分都是河南人，做布匹生意的大部分都是湖北人，还有大量的湖南人、江西人、广西人、四川人、东北人……像作为移民的我，可以寻广东之根，也可用"新南方"的望远镜寻西北之根，或许还可以借助朋友，寻到某个其他省份的根。这种不同的根系盘根错节，彼此缠绕，构造了一个开放的文化生态。其实，何止是中国人，在广州还生活着数以万计的外国人，尤其是非洲人、中东人，他们的故事几乎没有进入中国故事，而没有他们的中国故事是不完整的。

新寻根，也寻文脉之根。

以江南地区为代表的中国文学，早已是中国文学最重要的文脉。唐代以后，随着经济中心从关中转移到江南，文脉中心也逐渐转移到了江南。"新南方"与江南的关系，无疑是一种对话性的关系，而非一种争夺话语权的关系。这也是我最担心"新南方写作"被庸俗化误读的地方。在这个问题上，出生在泛江南地区（安徽）的庆祥说："我将传统意义上的江南，也就是行政区划中的江浙沪一带不放入新南方这一范畴，因为高度的资本化和快速的城市化，'江南'这一美学范畴正在逐渐被内卷入资本和权力的一元论叙事，当然，这也是江南美学一个更新的契机，如果它能够意识到这一点并能形成反作用的美学。"我不确定江南是否已经陷入一元论叙事当中，我能确定的是江南为中国当代文学贡献了半壁江山。中心与边缘的关系，是文明前进最重要的动力机制：没有中心，边缘是涣散的；没有边缘，中心将会迅速腐朽。在江南的主流文脉之外，"新南方"是另一片独特的壮阔风景，当它的喑哑与沉默被照亮，一定会给中国文脉汇入一股新的美学特质。如果江南美学在这种对话中获得了反作用力，产生了反思性的新变，无疑也属于"新南方写作"。

我特别能理解庆祥在那篇文章开头，用很大篇幅谈论黄锦树的作品，因为我也曾被黄锦树所"惊吓"。我还记得第一次读黄锦树的小说是《死在南方》，那是一个台风侵袭的暴雨之夜，小说里东南亚丛林的腐烂气息瞬间就充满了我的体腔。我所感兴趣的是，黄锦树在地理的边界之外，以一个不充分的他者，用想象触摸了边界内部的文化，而他触摸的手势带来了遥远的气息，也搅动了某种尘封日久的幻觉。

我所置身的地理位置，与他不算太远，所以那种感受的程度还相当强烈。庆祥警惕研究者在面对黄锦树时，会陷入那种"风景化"的假面里边，而忽略了黄锦树的更大意义。这个是自然的，不过，我想从写作者的角度专门谈论一下风景，事实上，只有少数作家才有能力创造出真正的风景。

柄谷行人在谈论日本现代文学的时候，专门用一章谈论"风景的发现"。不是说在传统的日本文学中没有对风景的描写，而是古典的风景描写是与古典的人文话语纠缠在一起的。当风景被置放于现代性的话语中，原本的主客交融、山水界定便被打破了，作家被迫要用一种全然个人化的目光来重新书写风景，这便是风景的发现。作家奈保尔在《作家看人》里面，也专门提到了诗人沃尔克特对于加勒比海风景的这种发现。中国现代以来的文学同样如此，这个风景的发现过程远未结束。相较于西部壮丽的风景，"新南方"的风景被密布的丛林所覆盖，还有大海的阻隔，本身就是隐蔽而神秘的。除此以外，西部的风景与江南的风景一样，已被过度表达，需要新的发现，而"新南方"的风景则表达得还非常不够，有着更多的未被词语染指之地。但是，归根结底，风景本身并不重要，为了风景而风景，便是风景的"假面"了。正如庆祥认为黄锦树的重要性"是在回应严肃而深刻的现代命题，那就是现代汉语与现代个人的共生同构性"。风景的背后是主体对世界的重新打量，重新赋形，重新塑造。

"新南方写作"假如要彰显某种奇异的风景，那一定是为了表达自然、文化、语言与个人的复杂关系。

至于高科技神话，则是我近年来极为关注的话题。高科技正在席卷一切，不仅改变了人们的诸多观念，而且深入日常生活的细枝末节，从而改变了我们的生存现实。高科技对于大众文化来说，已经构成了一种神话叙事。就我比较熟悉的广州和深圳来说，这里诞生了腾讯（微信）、华为、华大基因、大疆无人机以及各种新能源电车等等，似乎在这里诞生任何高科技的奇迹都不令人意外。我和韩少功先生在对话《测听时代修改的印痕》中，一致认为现在的高科技制造了一种新神话，文学重新开始复魅，酝酿着一种高科技神学。尽管中国的很多地方都有高科技研发机构，但我之所以将高科技神话放置在"新南方写作"的范畴中，是因为我感兴趣于"新南方"这片地域文化的巫魅与高科技神学的诡异并置。这就好比在许多小说或电影中，"科幻"与"奇幻"的边界并不清晰，例如预知未来的能力，既可以设定成一种创新机器，也可以设定成某个巫师的超能力，在读者或观众看来都是可以接受的。科技创造奇迹的能力对于大众而言，已经与巫术无异。因此，我设想这种高科技神话如果与新寻根、异风景相结合，真不知道会碰撞出怎样璀璨的思想火花，产生出怎样耀眼的美学形态，一种未来诗学似乎近在眼前。

以上种种感慨与思想，构成了我写中篇小说《你的目光》的初衷。我从深圳横岗的眼镜产业获得灵感，聚焦一个很少有人关注的职业——眼镜设计师，这肯定是暗含隐喻的。我们跟世界之间的中介物不是别的，正是目光，只有更新我们的目光，我们才能看到一个更加开阔、更加细腻的世界。小说里相爱的两位主角，一位是来自深圳的客家人，一位是来自广州的疍家人。客家人和疍家人是"新南方"地理空间内很有代表性的两个族群：前者在大地上不断迁徙，寻找着新家园，成为世人眼中永远客居的客人；后者在水面上世代漂泊，生老病死都在船上，被世人视为虫豸般的怪物（"疍"即为"蜑"，本义是鸟、龟、蛇等生的带有硬壳的卵）。祖辈们艰辛的生存史给年轻的眼镜设计师带来了真正的创新灵感，随着新眼镜的成形与诞生，他们看待彼此、看待过往、看待生活以及看待未来的目光，都发生了根本性的改变。他们给一起设计完成的精品眼镜取名为"世居"，设计文案是这样的四句话：

> 住下来，因为大地是稳定的
> 住下来，即便水面是晃动的
> 住下来，生命靠繁衍穿越了时间
> 住下来，空间向所有的生命敞开

从终极意义上来说，"新南方写作"的精神向度亦是如此。

文学如何书写乡土

1

　　我的祖上生活在陕西省西安市鄠邑区石井乡柿园村。柿园村在它得名之际，应该是有很多柿子树的，但现在似乎也不多了，反而核桃树比较多。

　　鄠邑区原来叫"鄠县"，历史极为悠久，可以追溯到带有传说性质的夏朝。1964年，配合全国的简化字运动，改为好记好认的"户县"。因此，在我的记忆中，实际上对于户县这个称谓更加亲切。2016年，在中国恢宏的城市化进程中，户县被升格为西安市的一个区，加之现在又兴起对古典文化的崇拜，它的名字又改回了与"户"同音的"鄠"，名为"鄠邑区"。

　　就在对故乡如此简短的回顾中，我们都隐约看到了乡村在中国历史上变迁的缩影。

柿园村位于关中平原的最南端，秦岭山脉的脚下，这段山脉也就是名气巨大的终南山。以往的交通颇为不便，汽车只通到石井乡的电厂，从电厂到村里这段路是简陋的石渣路，需要步行半个小时左右。如今的改变是特别巨大的，村路已经变成了坚硬笔直的国道，每天都有从西安市区开来的公交车经过这里，柿园村变成了公交站牌上的一个名字。这是个显著的象征：柿园村被真正纳入了城市的一部分。

在公交车站的周围，两排商铺开得很红火，有各种超市和餐馆，人们在超市中消费，懒得做饭，便去餐馆点菜。这种生活方式与城市完全无异。曾经的乡村，基本上是一种自给自足的生活方式，想吃鸡蛋，就去鸡窝拿两个；想吃青菜，就去后院的菜地里采摘一把，这种生活方式是没有消费的。但如今，柿园村的生活方式也与消费发生了极为亲密的关系，人们被纳入了城市的一部分，也被纳入了现代消费体系的一部分。

乡村世界的生活方式改变得越来越多，与城市生活似乎没有太大的区别了，但我觉得对乡村世界却越来越隔膜，仿佛有一个隐形的乡村是我看不见的。

我想再描述一下柿园村的房屋建设情况。因为我们都知道，中国人的钱都流向了房产，对于乡村来说也不例外。柿园村的人有了钱，第一件事一定是会重建房屋，尤其讲究建楼房，这出自中国人这百年来对于现代化生活的一种向往。在20世纪，苏联的一句现代化口号对中国那一代人产生了无法磨灭的影响：

"楼上楼下，电灯电话。"

以前的村屋都是低矮的一层，现在一定要超越一层，最好三层，不济也要两层。很多人没有足够的钱，就先建造一层，但给建造二楼都留好了规划。日后若能赚到钱，攒够钱，便在原来的基础上继续建造二层乃至三层。都说中国人爱攀比，爱跟风，能不能别人建别人的房子去，我自岿然不动呢？好像不大可能。我亲眼看到一户老房子被左右邻居的楼房夹在中间，那完全是一种灾难。老房子像危房一样，在楼房高大的阴影下随时可能倒塌成一堆废墟。尽管老房子很有可能还很坚固，但那种废墟的想象已经让倒塌仿佛提前来到。

但住在楼房里的人家就非常圆满了吗？好像也不见得。以往，每家每户都很多人，大家都挤在同一张老炕上，那样的记忆可能成为一种心理阴影，深更半夜被别人的呼噜声吵醒可不是什么美好的体验。但意想不到的是，一个又一个的年轻人都出门上学或打工了，剩下的都是老弱病残，留守的人们又开始无比怀念那种大家一起挤在炕上的亲昵乐趣。原本象征着"别墅"的二层、三层，并没有成为孩子们的书房和婚房，反而成了储物间，堆放着种子、化肥和农具。

我大舅家的住房最为有趣。他攒钱在自家的后院里面建了三层楼房，房间里面的家具一应俱全，包括各种现代化的设施，比如席梦思大床，比如煤气灶、微波炉。但他前面的老房子还是不舍得拆，因为那里面的器具所构成的生活方式是让他最习惯最舒服的。具体来说，有两样器具极为重要，一个是冬暖夏凉的土炕，一个是火力威猛的大灶台。吃和睡是一个人回到家最在意的两件事，大舅无法改变身体这几十年来的老习惯，所以他还是住在老房子里，像个看守楼房的门房一般。有客人去，大舅就带着客人经过幽暗的老房子，拨开后门的门帘，那藏在后院的三层楼突然出现，令人觉得震撼，不得不仰视才能看清全楼的面貌。

对大舅的这座神奇的房子，我一直念念不忘，它比我读过的卡夫卡《城堡》里面的场景要更加荒诞，但是却又无比真实地触及了中国当代乡土文化中的复杂内核。这个内核并不限于两种生活方式之间的竞争，更在于对于人类生活的深层理解。

我每次去大舅家，还是喜欢坐在那个走廊一般的老房子里。坐在那宽敞的大土炕上，我仿佛回到了小时候的某个瞬间。我也会质疑自己，是否处在一种怀旧的美化情绪当中？这自然是不可否认的。我从小在故乡生活的时间并不多，经常回来还不适应，比如冬天没有暖气，只能窝在炕上，觉得憋闷。现在开始怀念过去的生活，自然是在赋予它更多的情感寄托。但是，我想其中还有更多的东西是超越了怀旧的。

2

每年春节，只要没有意外，我都会回陕西过年。因为在终南山下有我的至亲，包括安睡在那里的我的历代先人。

2017年，我的祖父过世。那是5月初的一天，祖父葬礼结束后，吃完晚饭，没有了老人的家显得特别空洞。父亲说："上山去看看关中的夜景吧。"这个提议不错，我们一家人开车到了山坡上，槐花浓郁的香气让人心醉，其中还混杂着迟开的牡丹花香。

仅仅在那一周前，整个北方都受沙尘暴的影响，空气中全是灰蒙蒙的尘土，可那天已经尘埃落定，夜晚可以看见漫天星斗。我很快识别出了北斗七星。我已经忘记了上一回是什么时候识别的，常年在广州，空气湿度大，很难看到星空。

周围原本有些昏暗，可说话间，月亮从东边山顶上露了出来，霎时周围明亮了起来，每个人都有了影子。王维的诗一下子就涌上心头："人闲桂花落，夜静春山空。月出惊山鸟，时鸣春涧中。"王维的辋川别业应该就在不远处，一千三百年前的月光一如今晚，惊动了他心底的山鸟。一千三百年，有多少人逝去了，如果能统计出来，一定是非常惊人的数字。他们和我们究竟有些什么差别呢？站在山腰上，可以望见日益灯火辉煌的城市与乡镇，也可以判断出祖父墓地的大致位置，那里隐藏在一片黑暗之中。生命就是光，正如爷爷的名字，光生，光的历程，照亮经过的黑暗，直至消失在黑暗中。

祖父的葬礼总共持续了七天，每一天都是一段复杂的历程，从人的生死到历史的常道，我都经受着战栗。回到了根的地方，出发的地方，也是休息的地方，最令我惊异的是，乡间的隐蔽世界在仪式中显露了某种秩序，一种已经失落并继续失落的秩序，但我置身其间，感受到了其内在的庄重。仪式的核心便是唱戏，便是秦腔。陕西人爱吼秦腔是众所周知的，但是在葬礼上——这个特殊的时刻，秦腔所凝聚起来的那种情感震撼力是难以用语言来形容的。唱戏的主角带着众人一同下跪，一同缅怀，一同哀泣，一同呐喊，每个人的悲伤不再是枝蔓丛生，而是有了方式，有了宣泄，有了依托，有了安放。

当我读到陈彦的长篇小说《主角》时，这些百感交集的记忆纷沓前来。他对秦腔的评价令我感同身受："秦腔，看似粗粝、倔强，甚至有些许的暴戾。可这种来自民间的气血偾张的汩汩流动声，却是任何庙堂文化都不能替代的最深沉的生命呐喊。有时吼一句秦腔，会让你热泪纵流。有时你甚至会觉得，秦腔竟然偏执地将中华文化生生不息的进取精神发挥到了极致。我的主角忆秦娥，始终在以她的血肉之躯，体验并承继着这门艺术可能接近本真的衣钵。因而，她是苦难的，也是幸运的；是柔弱的，也是雄强的。"

在本质上，一种世界的观念，便是一种迥然不同的世界本身。秦腔的世界，那是个值得怀念的世界吗？这对陕西人来说不必多问。可是，越来越多的人生活在城市中，另外一种不同于秦腔的生活模式前来支配我们。新的仪式还会持续下去，会有各种各样的仪式被不断地创造出来，但是，我知道，没有哪种仪式能比得上秦腔所维持和唤醒的心灵力量，那是中国人的历史乡愁，那是我们的音色，那是我们的来路。唱秦腔的主角忆秦娥，在庄重的舞台上和在纷杂的世俗中拼尽全力吼着，哭着，生存着，历史与现实、戏曲与生活、角色与做人，同时在塑造着她的生命，这本身就是我们时代的生动形象与精神寓言。陈彦的《主角》获得了第十届茅盾文学奖，与获得第七届茅盾文学奖的贾平凹的《秦腔》相映成辉。以地方戏曲为题材的长篇小说，得到这样密集的认同，在其背后自然有着主流文化的某种期待。一种中国文化的主体性如何得以确立，这也是每个中国人无法回避的问题。

3

　　再说说我自己的故事。我曾经在中山大学旁边的一个小区里边租住了两年房子。房东是个很好说话的老太太，一来二去，我跟她也变得熟悉起来。她是下渡村的村民，这个村已经被城市的高楼大厦所包围了，成了俗称的"城中村"。这个村其实并非无名之地，不仅是因为这个村临近中山大学，成为中大学子校外消费的主要地点，更是因为它的历史悠久，早在汉代，就有著名学者杨孚在那里建宅居住。杨孚是广东最早著书立说的学者，写出了南海郡第一部学术著作——《南裔异物志》。该书是我国第一部地区性的物产专著，记述了岭南陆产水产的种类与岭南植物学、动物学和矿物学的第一手材料。因为杨孚曾在河南洛阳做官，他家又地处珠江以南，所以，人们把他的居所之地也称为"河南"，这种称呼至今流传在老广州人的口头。现在下渡村还可以看到杨孚故宅后花园的水井，当然，现在已经不能直接饮用了。

　　下渡村的村民们早早便拆了老房子，盖起了五六层的小楼。每户的土地面积狭小，因此楼与楼之间只有一臂之长的间隔，是为"握手楼"。我的房东阿姨便是一栋握手楼的持有者，她将房屋全部租出，立马变成了有钱人，购买了租给我的这套房子，并住了进去。没几年，她的儿子结婚，又在中山大学东门的新小区里买了一套房子，她搬去和儿子同住，又将这套房出租，我便是这套房的第一个承租者。说实话，她这套房子挺不错的，不算大，小三房，很规整，地段也好，我跟她谈了几次，想要买下来，可她都婉拒了，她说这是她养老的房子，等孙子长大了，她就搬回来住了。我住在她的房子里，有时候忘记了这不是自己的房子，对那房子还生出了家的感受；但大多数时候，我是清醒的，我知道自己寄寓在别人的房子里，而这个房子的主人还有很多套我梦寐以求的房子。

像房东阿姨这样的人，在广州太多了。城市的迅速扩张，让周围的村落陷入城市的严密包围之中，村落里的这几代人也因为城市化的进程获得了巨大的利益。他们不像我柿园村的乡亲们，需要去外边打拼攒钱，再回来建房，完成人生的圆满仪式。他们恰恰相反，他们先建房子，然后因此而获利，从而购买了城市里更好的商品房，完成了从乡村到城市的真正转变。

最后一个故事与我的工作有关。几年前，我被单位派去汕尾市陆河县南万镇罗庚坝村当扶贫干部。罗庚坝村是我去过的最遥远的村落，它置身在遥远的大山深处。那会儿还没有开通广州到汕尾的高铁，从广州坐大巴到陆河县城就需要四个小时，从陆河县城坐车进罗庚坝村，又需要四个小时。但这四个小时是我一点儿也不愿意回忆的恐怖四小时，车辆一直行驶在九曲十八弯的山路上，没有几个人可以坐到罗庚坝村而不晕车的。多少次，我捂着肚子，压制着作呕的冲动。后来，扶贫工作即将结束之际，全单位坐大巴前来参观，好几个人一下车就蹲在路边呕吐，头晕目眩已经是最轻微的症状了。

罗庚坝村为什么穷，显然不用多说。国家这几年也确实下了大力气，这路虽然盘绕，但属于优质的柏油路。村里也盖起了三层楼的小学。但是，道路是双向的，道路可以让外边的人进来，也可以让里边的人出去。罗庚坝村里的常住人口最终只剩下了个位数，大部分的村民都在南万镇找到了居所，有些发展不错的，还在县城里买了房子；更好的，便去了广州和深圳。村里的小学人去楼空，只剩下一只大黄狗窝在门前，就连看门的老头都要吼几声才能找到。因此，我后来的扶贫工作倒是方便了，在县城住着便能完成绝大部分的联系工作。

文学如何书写乡土呢？我似乎一时没法做出理论性的概括，便说了一些个人对于乡村的经验、理解与观察。我也不免想到，我们当下对于乡土的书写是不够的，尤其是对于乡土的书写遭遇到了越来越多的忽视。毋庸置疑，"城市文学"是中国当下文学的主流，但是，"城市文学"不能仅仅限于城市的事情，更是应该以城市为方法，去完整思考当下的中国乃至世界。那么，如果我们书写一种真正的时代性的乡土文学，应该是既区别于传统的那种挽歌式的乡土文学，又能对目前这种狭窄的城市文学进行拓宽乃至重构。

英国诗人R.S.托马斯有首诗就叫《农村》，是这样结尾的：

> 那么停住吧，村子，因为围绕着你
> 慢慢转动着一整个世界，
> 辽阔而富于意义，不亚于伟大的
> 柏拉图孤寂心灵的任何构想。

我们得怀着这样的虔敬，去再次呈现出那个围绕着村子转动的一整个世界。

"城市文学"的五帧风景

　　"城市"放在"文学"的前边，构成"城市文学"这样一个名词并置的叠加概念，对文学本身来说其实是显得怪异的。任何一种加在文学前边的缀词终究会失效而脱落，这样的例子在文学史上屡见不鲜。但是这样的缀词着力表达的是一种当下性，是一种具有强烈意味的提醒，尤其是置身于一个剧烈变迁的转型时代，还是有着它的必要性。在这篇文章中，我从五个方面简单谈谈我对城市与文学的理解。

一、现代的城市

　　历史上有过很多伟大的城市，但那些前现代的城市主要起源于宗教和政治，比如耶路撒冷，比如长安。如果追根溯源，尤其是宗教信仰在其中起到了根本性的作用，从美索不达米亚、伊斯兰阿拉伯到中国、美洲等，都以祭祀为中心产生了城市聚落。美国史学家费恩巴哈（T.R.Fehrenbach）说："早期全球各地的城市建造者有种'精神上的一致性'"。不过这种"一致性"或许在史前期比较明显，但随着历史的发展，这种"普遍性"已经有所分野。举例来说，在面对古希腊与古代中国时，可以很明显感到两种文明模式的不同，古希腊是城邦国家，而中国早已是统一的中央帝国，城市在这两种国家形态中有着不可同日而语的地位及功能。苏格拉底说："乡野和树木无法教导我任何知识，唯有城市中的居民才可以。"但孔子恰恰说："礼失求诸野。"这两种文明的城市观念是截然不同的。

现代城市与古典城市是很不相同的，它是工业革命之后大规模的社会生产所造就的，因此它是生产的、流动的、消费的、轰鸣的，而在这些喧嚣的表象之下，又有着一套经过精密设计的技术体系。现代城市的出现是与资本主义的发展紧密交织在一起的，大工业生产像是黑洞一般将越来越多的人吸附、聚集到了一起，一种行业启动了另一种行业，一个机遇呼唤着另一个机遇，城市化运动如火如荼地展开了。现代城市终于站在了历史的桥头堡上，成为现代性文明的集中体现。

现代性起源于西方而后席卷全球，现代性中的偶然性与必然性、区域性与普遍性是辩证统一在一起的，尤其是在全球化的今天，西方文明中的普遍性部分被推向了极致，一个不论国家还是个人都无可逃避的世界体系已经形成，正是在这样的时代图景下，现代城市正在把世界连成一个整体。何为全球化？首先便是不同民族国家中现代城市的兴起，它们以同样的功能大量繁殖着现代世界的基本元素，并具备了对话和交融的基础。正是在这样的语境中，我们方能去琢磨老舍写老北京城的小说，也许跟我们提的"城市文学"还不是一回事，尽管它们有很多基本不变的共性，但终究还是有着差异与分野，而且这种差异和分野只会越来越大。

二、文明的转型

如果说曾经有一度城市文学是相对于乡土文学而言才成立的，那么今天，这种语境已经发生了翻天覆地的变化。城市正在以现代传媒的直观力量大规模地改变与吞噬以往的乡村生活，乡村正在变成城市郊区的郊区，整个社会都被同质化的权力意志所裹挟，因此，我们今天谈论城市文学，肯定不能把城市文学限定在狭隘的题材论里面，而是要放在更广阔的思想视野里去考量。从思想史的意义来说，城市文学之所以越来越重要，其实是关于发现一种新的中国经验的问题。关于现代城市生活的种种认知，曾经我们通过各种媒介并不陌生，但是切身的经验要比外在的认知更加重要，这个时代已然来临了。当然，这些光怪陆离的变化表象是否就能代表这个时代的精神特质，无疑还是需要商榷的。但是，应该看到城市已经成为现代经验的主要表演舞台，甚至都可以这么说，城市文化就是现代性最集中的体现。正是基于此点，城市文学对于中国当代文学的重要性就在于它能够将未完成的现代性继续推进、深化，直至最终完成。也就是说，使得现代性体验成为中国经验水乳交融的一部分。

我们绝大部分人都被现代城市及其文明的这套体系吸纳进来，个体在这个资本理性发达的秩序之中显得格外无力，生命与时空的关系变得不再像农业文明那样是固定的、情感的、诗意的，而是无根的、游离的、偶在的。从波德莱尔、西美尔到本雅明，他们都是在对城市的体验当中发现了这些现代性的奥秘。当代中国人在极短的时间内仓促地经历着现代性带来的深刻变化。五年一小变，十年一大变，中国人已经习惯了将变化本身视作一种常态。这种过多的变化撕扯着个人有限的生命体验，常常使得很多作家有着欲语还休的状态，也使得一些作家直接从现实新闻取材，认为现实的荒诞已经远胜于虚构的荒诞。

从这个角度回顾文学史，很多问题可以看得更加清晰。比如20世纪80年代发轫的先锋文学运动之所以仅仅停留在形式的探索上，而止步于内容的探索与表达，除了历史语境中意识形态的制约之外，也因为现代性经验对那时的中国经验来说还是相当陌生与异质的，这极大地限制了作家们的生命经验、思想视野与现实立场。从文化人类学的视野看，文明作为文化的高级形态，具有一整套的观念体系以及无远弗届的涵纳冲动，我们的基本生活方式也会随之变迁，这一定会影响到审美的趣味，尤其是艺术的发生。

三、崭新的经验

现代城市以及文明经验也不是这个时代的新生事物，上文也提到了一些敏感的诗人和批评家，从波德莱尔、西美尔到本雅明，我们应该注意到，他们的生活经验已经属于19世纪下半叶到20世纪上半叶，尽管他们的这种经验依然体现着现代性当中的普遍性，与世界其他地方的现代性经验有着比较一致的特征；但同时，中国的语境又是独特的，它继承了传统帝国的广阔疆域，多种民族与文化共存，内部的迁移频繁而数量巨大；此外，它的文化政治学有着较强的保守色彩，再加上漫长历史延续下来的多元的精神话语，构成了中国文明的一种"底音"，绵绵不绝地回荡在今天的文化语境当中。更重要的是，中国这次赶上了信息科技革命的潮流，比如"智慧城市"的建设等工程，也在参与着一种新经验的生成。

所谓崭新的经验，正是这些复杂力量交织与扭结的场所蕴藏着的可能性。我们书写城市，如果忽略掉这些复杂的面向，那么我们忽略掉的其实是当代中国本身所具有的复杂经验。现代城市不再仅仅意味着地理学意义上的闭合空间，而是成了一种开放的、没有边界的文化空间，它依靠更加精密的技术手段不断地将自身的一部分镜像传播出去，以复制、模仿等手段使得文化基因得到再生。

为什么我们说鲁迅是一个伟大的作家？根本原因在于他以大悲悯的情怀写出了乡土社会的蒙昧与黑暗时代的绝望体验，从而发现并触及了当时中国社会的核心问题。今天，我们的核心问题就涉及城乡一体化进程中涌现出来的各种问题与困境，涉及社会结构自上而下的迅速变动与分化，涉及城市对乡村人口的大规模吸纳与消化，涉及个体尊严与权利的合理表达，涉及技术时代里个人精神世界与生活方式的迷茫与失落，涉及人们对一个美好中国的期待与想象……而这一切，都涉及城市以怎样的方式来聚拢与处理这些问题，或是提供处理的契机与平台。因此，我们愈加可以明确，城市文学肯定不能是一种仅仅针对城市的文学，它针对的其实注定是当下浑浊裹挟的总体历史进程，并在其中呈现、分辨、创造着崭新的人类经验。因此，我相信鲁迅先生若活在今天一定也会写城市、写科技对现实的影响（想想他的《故事新编》）。放眼未来，城市文学的意义一定会随着中国城市化进程的进一步剧烈加速而凸现出来。说到底，只要能以城市为基本视野，发现并触及当代中国的核心问题，就是一种新的成熟的城市文学。

四、流动的空间

进入新世纪以来，中国产生了几个巨型城市，北京、上海、广州和深圳，人口各自已经超过两千万，外加流动人口，它们与过亿的人口有着直接性的关联。此外，东南沿海由于经济产业的迅猛发展，也正在涌现多座人口突破千万的世界级大城市。这些人口当然不是靠着生物学的生育方式造就的，而是大量涌入的外来人口。城市即便像疯狂繁殖的怪兽一般，也完全无法满足不断涌入的大量人口的各种需求。因而，在这种巨型都市当中，个体赖以生存的空间是非常狭小的，人的生活被庞然大物压迫、切割与隔绝了起来。而另一方面，随着科学技术的进步，现代城市变得越来越符号化，城市空间不仅局限于地理学上的空间，而且越来越成为一个充满信息符号流动的虚拟空间。因而，这种流动是双重的，一方面是人作为物理性的移动，另一方面是人在符号汪洋里的精神漂流，这两者一同塑造着当代人的生命和生活的存在形态。

现实对文学作品来说，即是一种修辞艺术的再现。在现代语境下，如果文学再现还是像以往那样摄像机般地罗列外部的环境与人物关系，那么也许意味着一种无效的现实。因为城市的空间不但是可以复制的，而且充满了不确切的流动性，所以从外部来抓住现代社会的精神特质无异于缘木求鱼。

网络、电视、手机、GPS无所不在，将人从狭小封闭的地理空间里解救出来，投入某种自由无界的心理幻象当中。所以说，我们的现实空间一方面极端有限，一方面又被虚拟符号抽空了真实感，置身在没有具体边际的漂流状态中，这构成了一个现代城市人的基本困境。这种极具张力的基本困境对于文学来说是一种丰富的土壤，因为它可以构成小说叙述的矛盾、冲突与动力，最终得以获得审美的升华从而超越卑琐的现实。好的文学是一定要给人类的心灵带来自由，慰藉人的孤独与绝望，而城市文学需要一种飞跃的想象力。

空间的狭隘需要文学想象力拓展它的边界，同时，空间的虚拟为文学想象力提供了丰富的养料。这些都是想象力对于城市文学之所以重要的客观条件。当然，文学想象力并非一种毫无来由的臆想，它寻找的其实是一个恰切的形象，这个形象不再如传统文学那样局限于人物角色，它可以是人，也可以是事物，或者是人与世界的关系本身。这个鲜活的形象作为隐喻得以突破语言与叙述的束缚，唤醒人们内心思想与情感的潜流，并刷新这个城市化时代人类存在的体验。正如英国诗人布莱克所说的："想象力不是某种状态，而是人的生活本身。"想象力出自生活的体验，最终依然要回归到生活的体验，作家的创造力就体现在这个过程当中，这是一种认识论上的飞跃。

成熟的城市文学无疑是要努力去呈现出这样一种流动的空间，以内在的精神关联塑造出当代中国的整体景观。这样的写作是有难度的写作，也应当是城市文学的书写方向以及创造契机。

五、内在的主体

从某个角度讲，人类的发展——尤其是从15世纪以来现代文明的发展，是从个人跟公共领域的区分开始的。我们把一部分领域限制为个人的，如此一来，我们就有了个人权利的概念、个人身份的概念，同时也建构起了一个相应的公共领域。我们可以用自己的立场，在公共领域探讨关于全人类或者整个社群、民族这样一种大的话题，以谋求一种综合的判断与进步。这种区分是相当重要的，极大地解放了人的创造性，但随着城市与技术的发展，个人的空间在不断地接受强烈的侵蚀。

这种私人空间的萎缩感，也在影响公共领域讨论问题的方式。我们把很多公共话题都私密化，聊着聊着变成了一种调侃甚至是插科打诨、嘻哈搞笑。公共领域中相对严肃的东西被消解了，这也使得作为我们精神家园的人文精神变得稀薄。在这样的历史大背景下，在这样的现实状况中，我认为，一个人对于自己生命的责任，实际上越来越重了。法国思想家福柯不无悲观地提到"人的死亡"，也就是主体性的死亡。但正因为如此，人的主体性又愈加重要起来，我们来到了一个逼迫你要建立自己主体性的时代，否则精神意义上的个体的确会变成碎片一般的存在。

何谓生命的责任？就是一个人面对喧嚣复杂的时代依然具备一种道德判断，为自己的生命找到切实的落脚点，并生发出意义来。

城市不可能只是作为一个客体或是客观意象而存在，它与主体的关系是亲密无间的。城市当中看不见的晦暗地带，包括城市的气质、风格，乃至它的欲望与需求，才是滋养写作的源头活水。一个作家应当从中创造出与自己、与人类密切相关的"世界连通器"，从而抵达精神与思想的高度。仅仅把握住那样的复杂经验还是不足的，因为文学的本质不但要表达鲜活的经验，而且还要将其转化为存在的体验，获得思想的洞穿力，才能发现这个时代的真正奥秘。

据说，这是一个经验同质化的时代，每个人的想法跟另外一个人差不多，用小说来比喻的话，就是我们变成"扁平化的人物"，这是很悲哀的事情。因此，我们应该对自己的生命负起责任来，重建自身的精神主体性，使自己的生命更加丰厚。这个信息泛滥的时代，实际上也有它的优势，因为如果你有了强大的精神主体性，你便能够从喧嚣如大海般的讯息中找到自己所需要的，而不是随波逐流、虚度光阴。随着新一代青年作家步入文坛——他们的生活经历与教育背景使得他们与城市之间的关系如鱼得水，城市文学的作品数量肯定会呈爆发之势。但我在这结尾处，还是想再强调一次，城市文学肯定不能只是一种关于城市的文学，它面对的是当下浑浊裹挟的总体历史进程，我们要敏锐地切入这个时代的核心问题里，并努力发现一种新的中国经验。

写作的未来

写作历史超过十年的作家，心底如果还没有感到一点儿疲惫，甚至还有了扬扬自得的陶醉，那么，我想这样的写作一定存在着什么问题。我的意思是，疲惫对于写作而言不是羞耻的，而是必要的。它意味着你在过去的写作中，某种程度上真诚地尝试过了这项极为复杂的艺术，已经在经验与语言的可能性方面挖空了心思。与陶醉和疲惫相对应的，是厌倦，不论是过于频密的重复，还是创造力的委顿，终将产生厌倦的心理。疲惫，意味着心灵经过休憩可以重新上路；厌倦，则意味着这趟行旅随时都面临着终结。

当然，话可以这么说，因为语言比起现实来是过于泾渭分明的。现实的情况也许是，陶醉、疲惫与厌倦时常混杂在一起，只能有程度上和倾向上的区别。一个人应该时刻清晰地意识到这个浅显的事情，尤其是写作的人，经常需要从语言那清晰的地平线上收回目光，沉入现实的混沌当中。这样的混沌，如泥土一般，滋养着写作的种子。最鲜艳的花亦是如此，当它令人惊叹的美冲进我们视网膜的时候，我们应该意识到它的根正在黑暗和脏污的泥土中向下尽力生长着。大自然已经用自身的存在物，呈现了艺术的全部过程。由此，我们还应该相信，艺术是自然规律之一种，是客观存在之物，我们的创造，也只能是从属于这种客观呈现的过程。

写作经年，长期被纳入这个艺术过程之中，我感到有一个很重要的副产品产生了，那就是：人的存在意识。这样说，似乎他人不存在这种"人的存在意识"，他人当然是存在的，只是艺术家被迫将自身的注意力越来越聚焦在这个面向上。这个面向究竟意味着什么呢？是花朵本身，还是花朵所要面对的那更高的存在？那种存在是一种巨大的虚无，还是不被我们所理解的另一种目光、另一种形态的"视网膜"？

这不是人能回答的问题，但艺术家必须日复一日地面对，这种姿态与花朵的姿态几乎是一模一样的。没有花朵，也即是没有艺术，那样的世界，属性太过黑暗，就连荒寒到极致的宇宙深处，在我们的视野中，都呈现出壮美的星空。这并不是偶然的，宇宙的呈现需要回应，不是我们看见了宇宙，而是宇宙借助我们看见了自身。

在这样的尺度下思考人的问题并非大而无当的空洞，而是一种更加细腻的观照。如果连宇宙都需要自我呈现，那么人类社会的自我呈现更是必然的。我时常觉得，其中蕴含着某种终极性的真理。花朵和艺术，让世界还是有了某种可以称之为"希望"的东西，只不过这种"希望"是没有终点目标的，只是来自不知起点在何处的中途的眺望。这"希望"改变着世界的属性，黑暗和脏污尽管依然黑暗和脏污，但不再是封闭的，转而获得了一种观照，不论被人肯定还是否定，都获得了一种驱动的力量。这种力量，让根须向下，让花朵向上。

强烈的人的存在意识，让艺术家必须从个体生命的内部去理解写作，这也是作家谈论一切文学现象的出发点。社会现象、历史问题、时代病灶、经验趣味等等，都可以驱使一个作家的写作，但一个作家如果没有强烈的人的存在意识，这种写作注定是不能持久的，也必定是缺乏艺术深度的。有了强烈的人的存在意识，社会、历史与时代原来只是一种纷纭的意象，这意象自然是客观存在的。但是以艺术的目光，从不同的角度穿透进入意象的内部，发现在集体叙事的宏大阴影下，漏光的缝隙犬牙相错，握紧一道缝隙，也许就可以像阿基米德那样，撬动整个世界。

对个体生命的极大肯定，并非无视写作的客观环境。这个环境有个学术名词，叫"文学制度"，制度规训了生命，生命改变了文学，这是一系列的连锁反应。一个有着强烈存在意识的艺术家，不可能对此视而不见、不加反思，因为存在的终极是自由，而极端的规训总是通过消灭自由而湮没存在。

还在谈论20世纪80年代的文学热与文化热的人，实际上已经越来越少了。那个年代已经成为某种寄托怀念与记忆的象征，文学的影响力颓败到已经无法再与那个时代相提并论了。我们更鲜活的参照系来自十几年前：世纪交替之际曾经泛滥着文学就要死亡的论调，给文学写悼词络绎不绝，每一份悼词都激起了文化界的极大反响。如今，在这个网络时代、微信时代，不必再给文学写什么悼词，我们看到的标题常常是"今天我们为什么还需要文学""今天我们为什么还要读小说""诗歌为什么重要"……这种变化是如此动摇根本，让人胆寒。

一百多年前，奥威尔的那篇著名随笔《我为什么写作》，表达的是作为一个作家的文化政治立场。今天许多作家的《我为什么写作》，看上去更像是一种自我辩白，似乎写作这个行为变成了一件暧昧难言的事。当然，这样的变化意味着对于文学实质的理解也到了一个更加深刻的阶段。换句话说，每个作家的写作不再是跟风的、流行的，甚或行政的，而必须是自觉的，他需要给自己无望的写作行为一个合法的理由。如果说文学的大环境比起三十年前变差了，但是作家的写作自觉性比起三十年前无疑提升了太多，这自然也是历史的一种进步，是不容忽视的。这种自觉性与经济生存之间形成了巨大的反讽，因此而来的各种扶持项目，从中央到各地市的各种文化机构层出不穷。不过，与其说这些扶持是为了某种政治宣传的目的，不如说这些扶持更像是一种保护，一种类似对非物质文化遗产的保护。另外，只要是适应了市场的文学作品，则得到了惊人的利益，令不明真相的"群众"对写作还抱有最后的幻想，以为这是一块无限肥美的蛋糕。市场价值与艺术价值，从来都不是成正比的，本质上更是没有关联的两件事情，正如艺术和艺术商品是两个概念。这也是为什么艺术家可以在一定程度上远离市场的根本原因。那么，对于远离市场的那些作家而言，扶持是必要的。回溯历史，我们不应忘记"严肃文学"的诞生和新文化运动之间的关系，以及与新中国文化意识形态之间的隐秘关联。一个作家应该看清楚文化话语背后的利益关系，更应该看清这些利益关系背后的历史文化机制。

当然，写作的自觉性也是一把双刃剑，写作者过于信任自己的判断之际，往往会陷入自身的逻辑当中，从而与外界拉开距离，产生隔膜。（这也是我要在这里声明的，作者对于自身写作的"自觉性"一定要有所怀疑，这种"自觉性"一定不是封闭的，而是敞开的，与整个时代保持着血肉的联系。）有论调声称，文学之所以寥落，是因为作家们故弄玄虚，脱离了读者。但以世界文学的艺术尺度去衡量，分明文学变得更加精致与微妙，至少，艺术的整体品质变得更好。

但人们并不领情，读者纷纷退场，一个最关键的原因是，太多的手段和形式代替了文学的娱乐功能。丧失了娱乐功能的文学，不能像音乐、美术那样直接诉诸感官，反而还对人们提出了更高的文化、艺术与情感要求。这意味着什么？意味着人们远离文学是应该的吗？不，在我看来，这种要求恰恰显示出了文学与生命之间那种最深沉的关系。当人们变为感官的奴隶之后，还能让人们恢复对生命的"强烈存在意识"的途径，只有文学的这种要求了。文学的要求，让人要对自己的生命负起责任来。现代科技本来是为了方便人类的，却在不知不觉中，削弱了人们对生命的责任，似乎整个生命都能交由科技来解决，这是这个时代和即将到来的时代的最大神话。

正是在这样的难度之下，写作真正拥有了未来。写作是一种人之为人的真实理性。没错，写作自然基于生命的感性体验，但谁能说那种感性的体验就是荒谬的呢？就因为我们体验到的和我们的所作所为相违背？在我们体验到的巨大荒谬面前，现代人那种精于算计的生存理性才是一种最大的非理性。现代人的生存在物质上明明变得容易起来，但现代人的心理却有着自身都不能理解的危机感。每个人都被资本和权力紧密地裹挟，连最基础的生物本能都在失去，变得比动物还要脆弱。

作家在不写作的时候，也是凡人，也一样惶惶不可终日。作家为了生存而付出的努力，只要不改变他强烈和独特的生命存在意识，对于艺术而言，都是合乎道德的。但当他写作时，一定会把自己的行为放进巨大的荒谬当中，他会成为自己嘲弄的一部分。好的作家深谙此点，这就是为什么好的作家一定是克制有度的。

当批评家对一群作家进行论述的时候，作为群体中的作家其实是很难回应的，倒不是怕挺身而出成为靶心，而是因为一个典型的写作者其思维是向内的，甚至不免带有一定的自足性和封闭性，他并不真的关注其他同行怎么做。除非他正巧要将这个群体作为对象去表现，那么他也许还能多说上几句。当然，更加根本的原因是，对于文学现象而言，再睿智的发现，也只能是局部的真理，不能避免例外的出现，而文学的奥妙与精彩，往往来自这样的例外。文学不是战争，不会突然崛起一个凶猛的军团，能在文学中崛起的，只能是例外的个体，如同草地上的几朵鲜花。鲜花值得赞美，但草地也不能因此就要被否定。

艺术回应批评，只能以作品的形式。而作家与批评家之间的关系，首先是人与人之间的体恤。在今天，审美批评当然还需要，但这应该属于批评的门楼，踏入门楼之后，批评的目标不能再停留在文本的不完美性上，完美的文本只是一种独裁的美学说法，正如经典的产生，总是源自十分复杂的社会文化与意识形态机制，另外还得考虑到相当大程度的偶然性。批评的目标应该是：与写作一道，在时代的语境当中进行深度的化学反应，激活与照亮人的存在意识，从而构成光源性质的意义生产链条。

昆德拉那句话依然有效："艺术以对抗时代的进步而获得它自身的进步。"艺术如何对抗时代？为什么要对抗时代？"对抗"这个动词并不能理解成一种否定，"对抗"更像是一种警惕。每个时代都有陷阱，不论是理想的80年代，还是复杂的当下。警惕而反思，是艺术家最朴实的立场。艺术所对抗的，是那些压抑人的存在意识的事物。那样的事物越来越多，因为历史的惯性尚未消除，而新的问题又被发明出来。艺术通过改变审美，来改变实质的事物。这不是妄言，越是漫长的历史时段，我们越是能看到这样的改变。

任何事物都有未来，写作自然也有未来。写作的未来，这个说法让我脑海中浮现出一条深远的隧道，隧道内部安装着复杂的透镜装置，因此我可以望见未来世界的一角。我似乎看见了另一个人，那个人仿佛就是我自己，我的身体可以被科技随意修复与再造，我的意识可以在网络上被随时上传和下载，那么我是谁？我为何如此？只有写作——我写下我的故事，我告诉其他人，我是独特的，我的存在不容置疑。

这就是写作的未来。

辑

二

小说家的声音

　　小说家的声音，是我自有阅读记忆以来遭遇到的最迷人的事情。小时候电脑还没有被发明出来，电视节目也少得可怜，西北那漫长而严酷的冬季，唯有阅读是最好的陪伴。上小学的时候，我就读了《三国演义》《隋唐演义》《封神演义》《东周列国志》《杨家将》等古代小说，被其中的故事深深吸引。但是，假如我一直读的都是那些书，我想我可能是成不了作家的。因为那些传奇生动的故事虽然让人开心，但没让我有去创造那种故事的冲动。那些人物都有着真真假假的历史背景，他们在历史中热闹着，和我今天的存在是没有什么关系的。

　　当然，那样的阅读培养了读书的习惯，以及文从字顺的能力，解决了写作文的问题。写作文，自然是命题作文，被迫写点儿什么，此外，没有任何想写点儿什么的冲动。我主动的写作是从读到郁达夫的作品开始的。那时，我处于青春期，莫名地躁动不宁，无法安坐于课堂之上，一个偶然的机会，我读到了郁达夫的散文和小说，发现了另一个真诚的、幽暗的、颓废的、孤独的，也恃才傲物的灵魂。他和我看过的那些历史演义中的人完全不同，这是一个呼吸着的可以听见的人，好像还活在某个地方，躲在那里向我讲话。睡前读他的文字，就像是听一个人的呢喃。那些呢喃句句入心，让我不再感到孤独，或说不再感到孤独是可怕的。内心的躁动，竟然是在另一个不相关的人的喃喃自语中化解掉的，这对我来说是奇迹般的体验。孤独的普遍性，悲凉的普遍性，也就是人心的普遍性，明白了他人一样忍受着这些，自己的忍受便是理所当然的了。

郁达夫的喃喃自语，化入了我的生命，我也开始有了自己的喃喃自语。写作，写一些未曾经历的事情，将芜杂的心绪整理成文字的秩序。于是，我发现自己的喃喃自语也可以安慰自己。一个人是无法安慰自己的，我只能想，我创造出了第二自我。一个有第二自我的人，才可能有自我。这是文学教给我的生命第一课。

上大学，读各类人文社科，深受启发，内在的理性自我也日益丰盈，但我还是不能割舍对文学的热爱，最要紧的是不能割舍对文学大师最美好的呢喃之音的热爱。再读鲁迅，那些中学课本里晦涩难懂的文字不见了，他的呢喃中有的是一个孤独灵魂的悲凉，但是能感到鲁迅的声息比郁达夫的声息要更加深广，郁达夫是一个鲜活的人，而鲁迅是一个沉思的人，有时候甚至不是一个人，有两个人的声调，成为对话的对话者。当代文学中，余华的巧拙、莫言的繁复、苏童的潮湿、阎连科的迷狂、毕飞宇的精微……都让我激动。当时也读最新潮的文学理论，从新批评到结构主义再到后现代主义，它们都试图将作家摈除在文本之外，这些睿智的批评家用各种精巧的理论，打开了作品的意义阐述空间。

但是，作为写作者，我一直认为"杀死作者"这个前提是滑稽的。作品是作家写的，是人造的，怎么可能和作家彻底摆脱关系呢？即便大部分作家都是语言宗教的信徒，但毕竟人的创作是文本的前提。我们知道，越是经典的作品，作家的风格越是鲜明，叙述的声音也越是温润、复杂与深邃。那种诱惑与迷人，是一般性的人文知识无法媲美的，就像是绿洲与沙漠。叙述的声音当然有着历史叙述的回响，但最关键的，还是作家主体的生命之音。作家丰富的生命，尽力包纳历史与结构的元素，并令之显形。没有作家的声音，文化是没有自我意识的，是喑哑的。

当罗兰·巴特抽完一口烟，潇洒地说"作者已死"，那么那个在母亲逝世后，写下《哀痛日记》的人又是谁？那其中撕心裂肺的痛苦又是谁的痛苦？别人是否能替代他的痛苦？甚至，别人是否能理解他的痛苦？《哀痛日记》中写道："写作是为了回忆吗？不是为了自我回忆，而是与忘却的痛苦做斗争。因为忘却是绝对的，很快就没有任何痕迹了。不论在何处，也不论是何人。"只有活着的个人，才会与忘却的痛苦做斗争。在语言中，在写作中，在修辞的艺术中，在精挑细选的词语与节奏所凝聚起来的叙述气息中，主体的记忆留下各种各样的痕迹，那样的痕迹是独一无二、不可复制的。写作可以回忆，却经常失真；写作可以忘却，却总在打捞；写作可以和痛苦做斗争，却总是失败。写作，就是如此，容纳相反相成的事物，容纳回忆与失真、忘却与打捞、痛苦与失败，写作就是人生。

在拉康那里，语言是先于主体的存在，主体的确立过程就是掌握语言的过程。从历史的角度而言，的确如此，但人终究是语言的使用者，每一代人，乃至每一个人，都在使用中改变着语言的状态与性质。作家的声音，便是生命融进语言的踪迹。语言创造了主体，主体借助语言又在创造着自我。在这个过程中，语言不可避免也改变了主体，主体与语言在彼此异化着对方。语言的艺术，便是主体对语言异化的搏斗。何为准确？便是要驯服语言，使语言准确对应于主体的存在状况。作家的声音越独特，越清晰，越迷人，便是语言被生命驯化得越到位。

为什么小说家的声音格外迷人？因为小说的虚构性，因为小说叙述的转化与创造。散文和诗歌的声音当然也是迷人的，好的散文，最大限度地表达了作者自身的声音，如批评家谢有顺说的，"散文的背后站着一个人"，某种意义上，散文就是与作者的直接谈话。再看诗歌的声音，是能将人引领到存在高处的声音，不过，它缺乏日常生活的随意性，诗人的声音相对更受制于形式的秩序。小说家的声音与这两者都不同，叙述的声音、叙述人的声音、对话的声音、物质的声音，在一个文本里边此起彼伏。小说家自身最独特的声音，是支撑起作品的脊梁骨。最伟大的小说家，可以让所有人的声音都出现在自己的声音中，自己的声音并未消失，而是成为一个基本的场域。它迎接着他者声音的到来，并凸显出自我的声音与他者的声音，赋予他者的声音以活着的温度。

巴赫金在陀思妥耶夫斯基那里发现了复调对话理论，主人公与作者之间平等的对话关系，两个乃至多个观念声音在争论，形成了一种小说的"多声部"现象。其实优秀的写作都是有对立面的写作，总是在召唤什么和辩驳什么，未必会直接将对立面书写出来，只不过在陀思妥耶夫斯基那里，这种争吵与对话构成了叙事的动力与结构。因此，我觉得巴赫金将托尔斯泰称为独白性写作失之于简单，托尔斯泰自然是全知视角的，他替每个人思考和说话，但并非就意味着他是将自身观念强加于人物之上的。每个人物的立场不同，作者借由这些不同人物立场生发的观念，必然会超越自身。虚构的伟大之处就在于"情景的思想"，在某种情景之下，人物只能做此想而不能做他想，否则便会难以为继。《包法利夫人》与《安娜·卡列尼娜》中的最后死亡，都让作家心痛不已。这就是为什么小说会超出作者预期的核心原因，作者必须在语言中真正承认他者的存在。因此，从陀思妥耶夫斯基开始，尤其是卡夫卡的小说，对叙述视角的加大限制，是现代小说最可贵的宝藏，表面看上去似乎把世界写小了，实则是承认世界的广大无边，以有限对无限的方式，才能接近世界形体的原本面貌。就像风是看不见的，我们只能用树叶的小视角去呈现宇宙之风的大移动，反而更加准确一样。

陀思妥耶夫斯基的剧烈分裂和争吵，让小说的精神空间凸显了出来。小说的精神空间是多种思想观念的共时性并置，而且也没有定论的状态，如果一种观念说服了另一种观念，那便具有了历时性，而两种以上无法彼此说服的观念，与社会真实也是同构的。传统的现实主义文学总是要想象性地解决现实矛盾，在复调小说中矛盾被保留了，甚至被激发了，但是矛盾无疑被深化了，甚至理解了。我们经常用"众声喧哗"来表示这个时代的浮躁，但小说中如果具备某种"众声喧哗"的元素，反而是恰切的。小说家的声音还是统摄着全部的声音，就像是交响乐的总旋律，而各个乐器，任其具备饱满的细节。在库切的小说《凶年纪事》中，这种小说的空间有了极大的实验性拓展。小说在排版上直接用横线分成了三栏，三栏的文体语气与视角各不相同。每一页都是层层相叠的样子，读者可以顺着其中一栏通读到底，再回头来读第二栏，或者是一页一页读，这样就不得不随时中断某一个叙述流。有评论说："从复调的意义来看，库切的天赋不亚于他最倾慕的音乐大师：巴赫。"这样的小说，给读者的冲击力是巨大的。

在阅读大量世界文学作品的过程中，我也感受到翻译的好坏与是否传达出了作家的声音气息有着根本的关系。比如村上春树的大受欢迎，林少华的翻译功不可没，淡淡的日本味道，寂寞都市的细微叹息，都准确来到了汉语中。李文俊之于福克纳，文敏之于库切，余泽民之于凯尔泰斯，郭宏安之于加缪……读来都令人战栗，大师的声音萦绕脑际心间，经久不散。小说家的声音，是可以逾越翻译的事物。强大的生命是可以旅行的，能存活在任何文化当中，并激活人心的神经丛。夸大语种的不可翻译性是不可取的，尤其近现代开启的全球化以来，人类越来越生活在同一个交互了解的世界当中，语言的土壤性质越来越接近，那么，从共同土壤中长出的花朵，其香味自然可以更大程度地传播和保留。

当然，在这样的经验趋同时代，作家们也深感焦虑，一方面是信息的极度发达，各种奇形怪状的事件惊爆眼球，超越作家之想象；另一方面，每个人获得的信息，哪怕是奇形怪状的信息，都是差不多的，很难找到与众不同的事件。

那么，作家何为？是眼睁睁成为新闻的奴仆，甚至"串烧"新闻吗？我们有时会说，小说在故事结束的时候开始，或是新闻结束的时候开始，似乎都不够准确。余华的《第七天》备受质疑，最本质的原因，在我看来是作家声音的大幅度弱化，尤其较之于他之前的作品。余华最独特的声音浓密涌现于《在细雨中呼喊》里，二十余年后依然令人难忘。其实，只要经作家叙述的声音渲染过之后的语言，小说就诞生了。无论是眼下的新闻，还是远古的逸事，小说家的声音都可以赋予他们思想的深度与情感的力度。因此小说可以没有故事，没有情节，但必须要有叙述的声音，这是小说文体最核心之所在。甚至不妨说，小说的风格便是小说家的音色。越是经验同质化的时代，越是需要鲜明的音色，小说的表层似乎是在复制经验，但小说的本质其实是在创造经验。而小说家的声音，是人类生命唯一能够进入语言创造的部分。只要铭刻于青铜和岩石上的文字尚在，人类脆弱内心的声音便永在。

关于小说的语言

1

　　我发现中国的小说家聚在一起谈文学，最常谈论的话题是某某作家的语言如何好，某某作家的语言不好。我们该如何来理解"语言"，尤其是"小说的语言"？我想，在不同的语境中，对不同的作家来说，肯定是大不一样的。当然，大部分人会从修辞的角度来理解语言，词汇的运用、句子的节奏、风格的特征等，但这显然是不够的，因为语言是写作的核心，远不是修辞所能概括的。让我们暂且从一个更大的视野观之：文学与语言构成了一个奇特的现象——文学是由语言构成的，可文学是大于语言的，大于语言的部分越多，则文本的意蕴越丰富。那么，文学究竟是如何大于语言的？文学理论给了一个近乎同义反复的概念：文学性。但正是这个有些同义反复的概念，让我们得以更加清晰地注意到文学中的语言。

　　俄国形式主义文论的贡献就在于此：雅各布森认为，文学性就是文学的性质和文学的趣味，它存在于文学语言的联系和构造之中。他还认为，文学性不存在于某一部文学作品中，而是一种同类文学作品普遍运用的构造原则和表现手段。——那么，对小说这种文体而言，我们谈及它的语言，就是谈及它的语言是如何联系、构造和表现而形成了小说。这又涉及对小说文体的理解，何为小说？我不想在此下个定义，但我认为，有两点是小说必须具备的，一个是虚构性，一个是戏剧性。

　　虚构性与所写内容是编造的还是有现实原型的其实毫无关系，虚构性是一种"虚拟现实"的邀约：读者拿到邀请，放下戒备，进入文字构造的"虚拟现实"中尽情体验另一种生活经验。这就是文体划分的意义，读者拿到了标明为"小说"的作品就立刻确认了这种虚构性。正是这种虚构性的要求，小说的语言才必须用更多的技巧去塑造"虚拟现实"。小说的语言修辞是综合性的，它所涵纳的是感官、感受、欲望、情绪、情感、故事、知识、思想……正是这种综合性才能构造出一个与现实世界相似的"虚拟现实"。

　　光有虚构性对小说而言还是不够的，戏剧性才是小说的灵魂。"戏剧性"在很多语境中已经含有贬义，那是因为有太多糟糕的戏剧性充斥在大量粗制滥造的作品中。好的戏剧性不是那种夸张的所谓"狗血"的戏剧性，好的戏剧性是为小说的叙事提供一种势能。这个世界上的一切事情都蕴含着能量，叙事的目标就是充分释放事情中的能量，不然为何要无端端地叙说一件事情呢？不然为何同一件事在不同人的叙说下，效果完全不同呢？好的戏剧性就是能让一件事情在叙述的过程中平地起波澜，通过符合逻辑（理性或情感）的情节转折，在话语中积蓄越来越多的心理势能，最终让事情的能量借助这股势能倾泻而出，冲击读者的心灵。

我认为考虑小说的语言，不能离开"虚构性"与"戏剧性"。因此，小说的语言到底好不好，不在于修辞美不美，而在于是否更好地实现了小说的"虚构性"与"戏剧性"。我们深入进去，还会发现一个奇妙的悖论：小说文体追求的是意义的丰富性，故而在意蕴上是模糊的；但小说的语言追求的是生动性，故而需要准确。因此，小说的语言是在用准确表达模糊。在好的小说里，越是准确的语言，往往构造了越大的模糊。就像是卡夫卡的《城堡》，K的每个动作都很真实，但K陷入了一个模糊而又虚幻的世界当中。我们看到K的每一个清晰的动作，他越用力，他的困境越深。

2

文学的语言归根结底是个人化的。贾平凹说语言跟作者的呼吸有关，如果一个人平时呼吸急促，他可能写的句子就是短小的；如果一个人呼吸很慢很深，他可能多写长句子。我不确定是否真是如此，但句子长短肯定跟作者的思维节奏有关，取决于作家的生命气质。比如说，海明威善于写短句，与他的性格肯定有关。他的硬汉形象，需要刀劈斧砍的短句。

如果是别的文体，比如诗歌、散文，作者的生命气质肯定是决定性的，比如李白的生命气质与他的诗已经不可分割，张承志的散文也淋漓尽致地展示出他的生命气质。但对小说而言，小说的语言不全然对应于作者自身，叙事人的身份与气质也至关重要。叙事人是保姆还是商人，是教师还是公务员，说的话显然是不一样的。除此之外，这是一个什么样的故事，关于谋杀、情感还是伦理？它处于何种语境当中？这些因素都会影响作家跟笔下语言的关系。因此，我们必须认识到：好小说是大于作家的。

除了叙事人，小说还有自身的艺术结构。陀思妥耶夫斯基是个赌徒、癫痫患者、保皇派、东正教徒，但他在小说里面不是一味展示自己的声音，而是让他者的声音也得到充分释放，甚至他者的声音有时更加精彩。他的所谓道德人品在当世就被人质疑，但并不妨碍他是最伟大的作家之一。巴赫金给陀思妥耶夫斯基的小说结构起了个名字：复调。这个音乐名词，形象说明了那种多声部共存的状态。所以，与其说小说是语言的艺术，更不妨说小说是声音的艺术。这种声音的艺术不仅让语言诉诸听觉，还试图让语言诉诸精神的视觉。从声音的艺术审视小说，我觉得好的小说都有复调的存在，只是或显或隐。正是因为"复调"的结构，作家在小说的艺术结构中并不能成为主宰一切的暴君，恰恰相反，作家的暴力会迷失在人性的幽微当中，在那里，不再有自我与他者的隔阂，小我被消融，或者说，小我吸纳他者变成了大我，而大我又变成了众生，这才是所谓命运的真正含义。

小说还受制于大的文化模式，故不可忽视语言与文化的一致性。用典雅的书面语去写中国的乡土社会，总会很"隔"。中国一直以来都是乡土中国，直到2011年起，城镇人口才开始超过乡村人口。但这些城镇人口主要都是从乡村转变而来的，故而依然保有乡土文化的种种特质。因此，具有浓郁乡土气息的陕西方言获得了一种文化上的契机。陕西方言既有乡土中国的"泥土气息"，又在语法等方面符合现代汉语的"范式"，特别对应于那个乡土文化为底座的转型时代。相较而言，北京话的"泥土气息"太轻，大量南方方言又远离现代汉语的"范式"。陕西的一些作家（路遥、陈忠实、贾平凹等）为什么能在当代中国文学中获得高度共识？在我看来，除了文学性之外，这就是文化上的根本原因。但时过境迁，城市文化越来越主导中国人的生活方式，陕西方言的文学优势也许会不再。近期倒是有一些川味电影、川味小说受到欢迎，川味的兴起与大西南的闲适生活有关，并凸显的是一种泼辣鲜活的文化性格，它可以是城市文化的一种类型；而南方方言的兴起，则是经济发达之地对于自身文化肌理的内视，在文学上彰显的是一种神秘的气质，抵御着历史进程的过度裹挟。但这些方言写作都未能构成陕西方言的作品规模，除了城市文化在审美上更加多元，也更加分散之外，依然跟这些方言的局限性有关。比如说粤语写作，经常有太多生僻字词，对广东以外的人犹如天书，需要添加大量注释，但这无疑会影响阅读的快感，也影响传播的范围。

如果把文化比喻成一个有机体，那么文明的文脉是心脏，主流文化是主动脉，而地方文化与亚文化则是毛细血管。正如毛细血管构成了生命最丰富的那些东西（尤其是感受的能力），地方文化与亚文化也构成了人类生活中最丰富多彩的所在。只有从这个角度去看方言写作，才能获得它的根本意义。方言写作，是艺术上的陌生化，是文化上的异质性。陌生与异质，才是一个作家的独特贡献。

由方言写作可以延伸到口语写作的层面，方言的本质其实就是一种口语。书面文化对于口语的态度一直是轻视的，在中国古代，士大夫的文言文与民间的白话文差别之大犹如天地。即便现代社会，从小学到大学的语文教育也主要是典雅规整的现代汉语，那么反过来说，这种教育在一定程度上便是反口语的。但是，小说在很大程度上要还原日常生活，所以它必须接纳大量的口语。需要注意的是，这种接纳不是随意的，而是依据艺术的感受去小心淘洗，重新打磨和擦亮，让口语不再是从社会空间中随意打捞的话语泡沫。口语必须服从艺术的结构，取得个人与社会之间的平衡。因此，好的小说写作在某种程度上是要颠覆书面语言的观念，让语言重新接受生活的滋养。

口语早已不能囊括今天的社会语言。从没有一个时代像今天这样大规模地使用个性化的语言，网络上不时就有各种奇妙的"词"被发明出来，还渗透进现实生活中。比如"沙发""不明觉厉""yyds""栓Q"等等，年长者要询问年轻人才能明白意思。这能否被视为一种语言的溃烂？在古典审美主义者看来似乎如此。但问题并不简单，小说家不得不直面这些毫不精致却活力四射的"亚文化词语"。好的小说语言应该像大树一般，它的根系必须向下生长，钻进现实的土壤，每一个根须上都带着无数小钩，钩住泥土、水分乃至垃圾，从而汲取了营养，获得了让树干粗壮并向上生长的巨大力量。相较而言，诗人对语言有着本体论上的认识：诗人跟语言直接作战，将语言从生活的土地中拽出来冲洗干净；但是小说家不能这样做，小说家的语言必须带着土地的泥泞，不惮于暴露丑陋的垃圾，同时散发着青草的清香与污泥的烂臭。如果小说家将语言清洗得干干净净，以诗的方式来写小说也未尝不可，但那样的小说是博物馆墙上的展示，虽然也不乏宝贵的珍品，但终究无法让我们直接体会时代的真正痛苦与欢欣。

3

小说的语言不是象牙塔，总是及物的，要与它所构建的世界息息相关。阎连科在小说《坚硬如水》里，将语言及其世界的关系发挥到了极致，很多革命话语、时代流行语、俚语、俗语与主人公的叙事腔调充分结合在一起，形成了一种奔放而奇异的语言风格。与读诗不同，如果你单看《坚硬如水》中的某几句话，它并不能说明任何问题，但当它们汇总到一起，便构成了生机勃勃的话语洪流。莫言的小说也是这样，某些局部令人觉得冗长，但从整体上它也构成了泥沙俱下的冲击力，一种蓬勃的生命力在字里行间呼之欲出。假如莫言没有那么多的冗长的关于感官经验的文字，他的小说就不会获得那种生命力。

小说的叙述是一种奇特的"连通器"，它驱使语言不再是静态的符号，而是流动的所指，席卷人类认知的全部事物，这个过程跟生命的诞生历程极为相似。小说的语言不在于局部的出奇，而在于整体上的制胜。制胜之力来自对能量的积蓄、势能的提升以及能量的释放。这种能量出自小说的虚构却并不虚无，它注定要改变读者对世界的认知与感受。

如果从创作的角度来说，小说家寻找的是符合小说气质的语言。我们不能说海明威的语言好，福克纳的不好，也不能反过来说，因为他们的语言塑造了他们独具魅力的文体风格，他们的语言与他们的文体风格是一致的，因此都是好的。再举当代作家的例子：毕飞宇的小说语言精致光滑，肯定是好的，而莫言的小说语言虽然粗糙芜杂，却也不能说不好，因为莫言小说中的那种磅礴大气的生命力只能用莫言的那种语言风格才能建构出来。

我们知道，语言和言语是不一样的，大体来说，诗歌的着力点更多地在语言方向，而小说的着力点更多地在于言语方向。生活中生机勃勃的言语，是小说的重要燃料。小说家在言语上的风格会超越不同的语言文字，这方面我愿意举作家库切的例子。库切的小说原文是用英语写的，但翻译成汉语之后依然保持着简洁和睿智的风格。我对此十分好奇，很想见识下原文，原版中他的英文更加简洁，可以清晰看到，他的汉译本还有翻译家的润色。他的语言在简洁中抵达了某种复杂的隽永，跨越了语言的藩篱。我时常设想一种在全球化时代"抗翻译"写作，就是写作的思想、风格与内涵不因为翻译成他国语言而丢失。美国诗人弗罗斯特说，诗就是翻译中丢失的东西。这种说法不免偏激，不可否认，由于文化传统各异，各国古典文学在翻译层面上不能达到充分的传输，但对当代文学来说，这个障碍基本上不复存在，因为人类不再完全隔绝，是在共享同一种大的现代文明。

　　小说的语言让我们能够感受到这个时代的气息，又带领着我们能够从中超越出来，来到另外的境地，让我们知道历史与时代绝非铁板一块，而是有着更多更好的可能性。但我们也知道，一方面人类文明是一个整体，而另一方面，我们关于这个世界的知识都已经被分门别类，学科之间等级森严，壁垒分明。我们期待着一种既入乎其内又出乎其外的话语生产方式，而这正是小说的优势之所在。在小说家的写作中，根本就没有这样的界限，从来都是把人类的生活当成是一个整体，将知识、经验与想象混杂在一起，从而探寻人的处境，呈现人的存在。

　　叙事作品无处不在，人们对小说的期待也更高。好的故事、好的语言、好的思想、好的品质，人们在一篇小说中贪婪地想要获得全部；而在以往，如果一部小说获得其中的一个品质也许就会得到认可，所以好小说的难度也可想而知。今天小说家的学历、知识背景，都有极大的提高，与这个时代的整体知识状况也是相匹配的。但今天的小说家最缺的是勇气，小说注定要去迎接人类文明大转型的新变。如果说20

世纪80年代的中国先锋小说是对僵化话语的一种反抗，那么今天的情况更加复杂：不但要反抗僵化，还要聚拢涣散。

卓越的人文思想者乔治·斯坦纳对于语言怀着忠实的信念，但他很早就意识到了语言的危机——语言曾经构成了人类经验世界和精神世界的全部，那是一个辉煌的语言时代，不过，那种状况早已被打破了。当年，他看到的是唱片的畅销，而今天，科技支撑的是堪称奇观的视听文化，在此基础上，一个无限拟真的虚拟现实正在文化的地平线上冉冉升起。"元宇宙"只是对那种文化的一种称谓罢了，未来的可能性要远远大于所谓的"元宇宙"。因此，正是对未来浓雾的眺望，反而让我对斯坦纳的这段话念念不忘："语言是人独特的技艺；只有依靠语言，人的身份和历史地位才尤其显明。正是语言，将人从决定性的符号，从不可言说之物，从主宰大部分生命的沉默中解救出来。如果沉默将再次莅临一个遭到毁灭的文明，它将是双重意义的沉默，大声而绝望的沉默，带着词语的记忆。"小说是人能用语言创造的最复杂的艺术品，因此，小说的语言是沉默中忽然爆发的漫长倾诉，它出自个人的肺腑，却说出了时代的整体状况。

但这样说并不意味着小说要被某种道德观给绑架，小说就是小说，好的小说自然而然地会获得那些我们期待的品质。我们在写作的时候只需要记得：好的小说语言应该具备一种生命内在的诉求，一种艺术表现的张力，一种细腻体贴的人文关怀，一种生生不息的精神力量，一种令人重新审视世界的哲思，它们汇聚在一起，将众声喧哗变成人类存在的声音。

小说与诗歌的契约

谈论诗歌对于小说家来说，并不是一件必要的事，但在我的意识深处，这是必要的事，是我迟早要去完成的。当然，这指的是一种相对正式的谈论，若是私下的谈论，那注定是无止境的。

我知道，很多诗人期待着小说家或散文作家对诗歌的那份感恩。这并非源于他们的自负，而是源于他们对诗歌文体的信念。这种信念是高贵的，也是毋庸置疑的，没有这种信念的诗人是不值得期许的。

另外，我是读了很多诗人的随笔文章之后，才发现一些诗人也是喜欢读小说的，他们从小说中也获得了关于诗歌写作的诸多启发。这让我感到惊奇，因为我此前一直认为在这两种文体之间，诗歌是很难从小说身上得到太多的，小说跟诗歌之间存在着巨大的精神贸易逆差。

——我不知道这种想法是否偏激，我现在就来说一说，我为什么会对诗歌怀有如此之高的尊崇。

诗歌第一次来到我的生命中，我还在读高一。此前我大概知道诗是什么，在课本上也学过不少，但在课堂之外，诗是跟我无关的东西。那会儿我尽管是个爱读书的学生，可平时喜欢读的都是故事书，尤其是古代各种评书最对我胃口。某天，我在新华书店闲逛，看到了一本厚厚的《雪莱抒情诗全集》（吴笛译），打开之后便被深深吸引了。这是一个神秘的事件，突然间这么一本超出自己认知和固有兴趣的诗集竟然让我爱不释手，我至今也无法解释其中的缘由。我只知道，在此之后，我便迎来了一场青春期的诗歌仪式。

青春期给每个人留下的印迹不尽相同，我只记得大约从初中二年级的某个时刻开始，我变得躁动不安，放学不想回家，难以忍受独处。我和朋友们无休止地聊天，然后偷偷摸摸地喝酒。那不是一段光彩的日子，更不是一段令人愉悦的日子。谁能想到，那段日子的尽头却终结在雪莱的诗篇当中。

那时，诗对我来说，带来的是难以名状的感受，而青春期带来的是难以名状的躁动；难以名状的躁动被难以名状的感受所吸附，恐怕也是不难理解的吧。诗歌类似《西游记》里边的法器，为青春的伏地魔提供了禅修之所。

回忆这段个人史，我试图说明，诗歌是神奇的，它不是语文课本里的知识点，而是能赋予生命以无限能量的精神方法。"精神方法"，是我思虑良久才写下的词，我暂且无法想到另外的说法。我的意思是，诗歌不仅是语言的艺术，它是跟生命本质捆绑在一起的，它会改变我们的精神结构。如果说，禅宗让我们以忘言的方式来理解生命，那么诗歌就是以重新言说的方式来理解生命。遗忘与刷新，都是对愚妄迷失的修正。

在我接下来的人生中，我将会持续证明着这点。

读雪莱一年后，诗歌开始了自我繁殖，高二的我写了一堆雪莱样式的浪漫主义诗歌，然后在同学的帮助下，将一个手抄本复印成了数十本，分送给亲朋好友。那本诗集的名字叫《月光里的夜莺》，那种19世纪浪漫主义的趣味显而易见。我有些惧怕读到那些诗歌，好在我应该已经找不到它们了。

高三和高考几乎让我忘记了诗歌，但噩梦让我来到了远方。这所离家极远的学校，位于南海之滨，气候、文化乃至方言的差异，让我有一种格格不入的孤独感。不远处的大海分明是一面镜子，无情地放大了这种孤独。

这时，诗歌再次来到我的生命中，让我始料未及。

我就读于物理系，想当科学家，却无端端被孤独感所折磨。我理解的科学家是不在意孤独感的，因为宇宙的浩瀚与规律的神奇，会让研究者全身心投入其间，孤独会如云烟般消散。这就像是信仰宗教的人士所体验到的那种情感。但我居然无法全身心投入其间了，青春的伏地魔突然间换了个面具，再次带来了莫可名状的躁动。诗歌的记忆被唤醒，它再次带给我平静，让我深感安慰。我钻进图书馆，接触到此前一无所知的诗集，尤其是读到从朦胧诗到当下活跃的各位优秀诗人，让我像个穴居人第一次来到高原，被星空的浩繁所震撼。这种震撼的核心是"当代性"，我居然跟他们活在同一个时空，那他们的诗跟我是有关的。

终于，诗歌又开始了自我繁殖。这次写出的诗歌，已经具有了当下的诗歌面相。然后，我在某个论坛偶然看到了征稿信息，便用电邮寄出，数周后，诗歌刊登了出来，这给了我继续写诗的动力。我又参加了一个全国高校诗歌大赛，做梦都没想到，我的诗居然得了校级第一名，有了去北大参加决赛的机会。我跟外院的一个师姐同行，她是外文组的，我还记得我们坐在火车的卧铺下方，讨论着去餐车吃点什么好东西，因为这费用是可以报销的。

到了北大后，我忽然间对比赛本身失去了兴趣，而对北大产生了愈来愈浓厚的兴趣。我绕着冬季结冰的未名湖转圈子，无尽的思绪在生成和释放。北大的诗歌之行，让我下了一个决心，我意识到自己应该转换人生的学习方向。这个收获比起得不得奖，实在是大太多了。经过一番努力，我离开了物理学系，来到人类学系。我特别喜爱这个研究人类文化的学科，但我没有忘记，文化研究在我这里也要归结于诗。此后，无论是学习人类学、文学还是什么别的学科，对诗意的发掘与感受一直占据着我生活与生命的核心地带。

坦率地说，我在大学毕业前完全没有想过自己能够成为一名小说家。我当然喜欢读小说，也尝试着写小说，可多么羞惭，我发现自己写不出一篇完整的令自己满意的小说。于是，我不再试着去写小说。要写那么多字，要为一个故事费尽心机，都让我觉得那完全是个苦力活。我梦想着自己今后能成为一名诗人，然后靠学术研究或是随笔文章来养活自己。因为我知道，在这个时代，诗歌几乎完全丧失了它的商业属性，诗人是不可能靠诗歌养活自己的。

但我毕业之后，生活的严酷超出了我的想象，我只能在生活的空隙处写诗。两年后的某一天，跟一个恶邻争吵过后，我忽然感到叙事的欲望积蓄到了我的嗓子眼。我开始写小说，我越写越多，几乎停不下来。从那以后，我就再也没有停下来，直至小说构成了我的身份，直至小说成为我的职业，直至小说成为我的志业。

不过，诗意依然占据着我小说叙事的内在位置。很多时候，我写小说是被诗意驱动着。因此，我对诗歌充满了迷恋的情感，我时常提醒自己要摄入足够的诗歌"维生素C"，才不会患上写作的"败血症"。在我的书架上，可以没有小说，也可以没有哲学，但是绝不可以没有诗集。诗集以及相关诗论，以极为简洁却深刻的方式，从各个方面高效影响着我。

诗人里尔克那本薄薄的小册子是由"中国最杰出的抒情诗人"（鲁迅语）冯至先生翻译的，书名非常质朴：《给青年诗人的十封信》。这本小册子值得我用一生去读。在我看来，此书解决的是文学创作的最根本问题：写作的发生学。

很多时候，我们做批评、做研究，都属于文学的外部工作。包括大学的创意写作专业，教授如何设计作品、构思故事等等，其实对真正的写作来说，依然是外部的。写作的内在属性一定是与生命的成长息息相关的。而这一点，正是里尔克这本小册子的核心之所在。

关于在青春期开始萌芽的孤独和寂寞，里尔克这样写道："那么我就希望你能忠实地、忍耐地让这大规模的寂寞在你身上工作，它不再能从你的生命中消灭；在一切你要去生活要去从事的事物中，它永远赓续着像是一种无名的势力，并且将确切地影响你，有如祖先的血在我们身内不断地流动，和我们自己的血混为唯一的、绝无仅有的一体，在我们生命的无论哪一个转折。"原来，那"大规模的寂寞"并非我独有，那寂寞不是要排斥的洪水猛兽，而是生命内在的一种能量。这种能量催发着艺术，而他对艺术的要求是如此严苛："艺术也是一种生活方式，无论我们怎样生活，都能不知不觉地为它准备；每个真实的生活都比那些虚假的、以艺术为号召的职业跟艺术更为接近，它们炫耀一种近似的艺术，实际上却否定了、损伤了艺术的存在，如整个的报章文字、几乎一切的批评界、四分之三号称文学和要号称文学的作品，都是这样。"按照他的这种标准，我写下的这些都被否定了。但我如此感激这种否定，没有这种否定，我们将会面对自己写下的文字陷入自恋与迷失。

后来，我又按照大师给青年人写信的模式"顺藤摸瓜"，去读了略萨写给青年小说家的信，可我现在已经记不清里边的内容了。而里尔克的那本小册子，继续滋养着我，让我从中汲取能量。里尔克的信百读不厌，他提到的是生命之根，是创作之源。无论我们创作任何的体裁、任何的主题、任何的形式，只要回到那个最初始的地方，诗意诞生的地方，生命生长的地方，写作便是有力量的。

因此我倒不是特别在意自己是被称作小说家（米兰·昆德拉在中国大规模阅读之前，"小说家"这个称谓是很罕见的，他对小说文体的贡献厥功甚伟），还是作家，或是批评家，就写作的发生而言，这些身份不仅不重要，还会构成遮蔽视野的障眼法。写作的具体艺术技巧，以及其他的外部装置，包括修辞、结构等等，这些东西是可以学习的，但只有那个诗心是最难拥有的。

这便是有时我们说作家能培养，有时又说作家不能培养的原因所在。你可以让一个人在外部的艺术技巧上达到很高的水平，但是假若他一直没有长出强悍而绵密的诗心，他将会很快耗尽自身的生活经验乃至生命能量，从而陷入完全的枯竭。但是，如果一个人具有敏感而警觉的诗心，他甚至不需要培养，事物便会在他身上自然而然地发酵，他将不得不去书写，无尽的思绪与意象困扰着他，甚至成为一种精神苦役。

根据诗心的强悍与否，我们从作品中得到的气息都是不一样的。同样的事情，经过不同诗心的渲染，我们所看到的文字也许会截然不同。有些味同嚼蜡，有些让我们觉得他为我们敞开了一扇神秘的生命之门，我们可以走进他的精神内部，简直如同向外拓展到宇宙中一般。这是写作这回事儿最令我好奇的地方，文字或语言只是符号，却可以让人的内在生命获得纵深的空间感。

我曾在一篇谈论短篇小说艺术的文章中谈到，好的短篇小说应该做到"生活与诗意的平衡交汇"。如果再进一步说，好的小说应该经历从叙事模式到抒情模式的高级转换。

叙述一个好看的故事，这只是小说的最基本要求。在故事之外，在故事之上，其实弥漫着小说家的声音。小说家的声音笼罩着所有的叙述，那种尽量客观的第三人称，更是需要小说家加大其控制的力度。因此，小说家的声音浸染到了叙事的每一个毛孔里面，让叙事的背后都是由抒情在支配。越是伟大的小说，越是能将这种抒情的诗意贯穿叙事始终。

因此，叙事与抒情在小说中其实是难以截然分开的，它们混杂在一起，形成了一种修辞学意义上的模糊性。

让我觉得惊奇的是，这种小说的模糊性，是一个诗人发现的。

诗人奥克塔维奥·帕斯在《小说的模糊性》（黄乐平译）一文中认为，小说家不是在论证什么，也不是在讲述什么，他们是在重塑一个世界。尽管他们也像历史学家一样喜欢讲故事，但他们更喜欢重新创造一个世界。"一方面，他们在想象并创造诗意；而另一方面，在描述地点、事件和灵魂。小说与诗歌和故事联系在一起，与形象和地理学联系在一起，也与神话和心理学联系在一起。小说既有节奏感又是自省的过程，既是批判又塑造形象，所以它是模糊的。这种本质上的杂糅性源自它在散文与诗歌之间、观念与神话之间不断地摇摆。它具有模糊性和杂糅性是因为它是一个社会的史诗性的体裁，这个社会是建立在分析与理性，也就是散文的基础上的。"小说之所以成为时代的核心文体（而非历史的核心文体），便是在地基上与社会同构，但又超越地基，来到了文明的腹地。在这里，小说既塑造又毁坏，既分析又背反，既表达希望又不断绝望，没有任何文体可以获得这样的力量。而小说能够表达如此复杂的东西，全仰赖于那颗诗心与叙事之间的斗争。

在《小说的模糊性》的结尾，帕斯谈到了他对诗歌的认识。一篇以小说为主题的文章落脚在诗歌上，让我觉得妙不可言。他是这样说的："诗歌是人类本质的反映，是一种具体的历史体验的神圣化。现代小说和戏剧甚至在否定它们的时代的时候，也要依靠它。在否定它的时候，把它神圣化。抒情诗的目的曾经是不同的，在过去的神明死去之后，在同样的客观现实被意识否定之后，诗歌除了它自身已经没有任何可以歌颂的东西了。诗人歌颂着诗歌，但诗歌是一种交流。独白过后只有沉默，或者在所有绝望与极端之间的冒险：诗歌不会在话语中而会在生命中得以具体化。诗歌的语言将不会推崇历史，而将成为历史，成为生命。"我作为一个职业小说家，竟然无比认同帕斯的观点，那就是现代小说对诗歌的无可避免的依靠。那些失去对诗歌依靠的小说，走向的是没有出路的深渊。

尤其是诗歌提供的神圣性，对现代文学乃至文化是至关重要的。现代小说是一种反讽的叙事艺术，它在不断进行文化与人性的分析，将自相矛盾的东西呈现给读者，很多小说一路解剖到底，毫不留情，导致很多读者产生抱怨：他们想看到希望，而不想被绝望淹没。那么，希望究竟从何而来？希望，一定是从神圣性中得来。只有神圣性，才能让人拥有踏实可靠的希望。

诗歌的神圣性来自诗意，诗意则来自生命对于自身本质的那种肯定。面对科技浪潮席卷人类社会，人被无力感所裹挟，因为科技主宰的生活在大面积取消人的本能诗意。人们被迫远离诗意，不仅仅是因为远离了自然世界，更是因为人们远离了语言对诗意的创造。在拟象为主体的文化空间中，语言变成了一种功能性的东西。因为人们可以直接看到、听到，语言也要求极度透明，成为商业信息的载体。

但我们生而为人，我们建立主体性的根基依然在语言之中。即便在那个深不可测的元宇宙中，依然如此。因为人之为人，是基于语言，语言与人的文明是并生的。人的存在，本质上是一种语言结构。一种功能性的语言，将语言变得透明，但我们的人生、我们的生存本身是不透明的。这种不透明性，这种模糊的灰色，保护着我们的人性。我们幻想着未来的意念芯片，你想什么，对方就知道了，但这依然只是替代了语言的信息功能，语言的创造性是永远也不能被替代的。我们的诸多精神感受，我们的价值观，我们的幽微审美，我们的直觉，不仅仅是语言在帮我们表达出来，而是在帮我们创造出来。它们是在语言内部滋长出来的，尤其是靠诗歌这样的艺术，"无中生有"地创造而出。

这就不难理解，很多科幻小说或电影通常都是以人性的觉醒作为最终的转折与结束。这不是偶然的，这是一种必然。科幻小说最重要的外壳当然是科学及其衍生物，但其叙事哲学依然靠的是文学及其诗性原则。

当文化的神圣性越来越匮乏（在元宇宙中，人类完全取代了上帝的位置），小说家必须得到诗歌的更多滋养。不过，反过来说，小说也将会给诗歌提供更多的东西。因为小说将会描绘一个新世界，小说的叙事结构会形成一个崭新的世界图景。诗的抒情将在这样的世界图景中得到再造。

神圣性也包括它的对立面：那黑暗的深渊。我曾被一个叫扬·阿伦茨（Jan Arends，1925—1974）的荷兰诗人震撼。他出生后即被遗弃，几度精神失常，最后一部诗集出版后自杀。他的诗有一种黑暗的力量，像一把阴暗的匕首，在我们某天清晨醒来的时候，忽然发现刀尖对着我们的眼睛。

他的诗很短，我引述几首：

《我》

我
五十岁
我不是
一个好人

我没有
妻室
没有后代
我过多地

自渎

因此
我玷污了
面包

面包
沾上我的
恶臭

不管我走到哪里
我就把痛苦
带到哪里

也许
我明天来
找您
提着斧头

但是
请不要惊恐
因为我

是上帝

阿伦茨的诗歌除了那种绝望和黑色的狂喊，还有敏感和脆弱的一面：

《甚至》

甚至
一只
抚摩的手
也会
伤害我。

那是和卡夫卡一样的心灵，但比卡夫卡还要纤弱，他的心长在了人类情感的神经丛深处：

《从》

从
没有
一个人
拥有地球的

一粒尘土。

　　他完全绝望，却又超凡脱俗，绝望中有种宗教的眼光，那是看到本质的一声太息。苦难的诗人，苦难的人，只有诗是交流，是存在，是信仰。我第一次读到阿伦茨，刚刚大学毕业，尝试了几份工作，都不尽如人意，总觉得自己在浪费生命，但也不知道自己究竟可以做些什么。因为我觉得仅仅为了生存而工作、赚钱，我会变成机器，我的诗心会窒息。我作为一个渺小的个体，又一次遭遇精神困惑与价值危机。

　　我在某个孤独的不眠夜仿写了一首向他致敬的诗：

《纤弱的我致更纤弱的阿伦茨》

　　从
　　没有人
　　像你那样
　　咀嚼人类

　　从
　　没有人
　　像你那样
　　骑着自己

从

没有人

像你那样

天天把绳索

套在脖子上

然后慢慢收紧

　　我知道，小说家写的诗歌向来为诗人所嘲笑。确实，大多数小说家写的诗，跟他们的小说比起来，显得简单幼稚。像我在很多时候是用诗来表达自己浓缩的哲思：

科技将词

变成了物质

就像写作把物质

变成了精神

　　　　　　——《元宇宙》

　　我有时甚至在想，当代最好的哲学都是诗人写下的。那些晦涩的隐喻、巧妙的表达，比哲学语言更生动，更不受概念的束缚。而好诗之所以经得住阐述，正因为它永远拒绝着概念，永远和生命和生活紧密地连接在一起。反过来，好的哲学家也终将以诗来锻造思想的顶峰。哲学家维特根斯坦写下的那些笔记，完全可以媲美一流的诗歌。"对不可言说的事物，应当保持沉默。"这句话假如不是出自这位哲学家，而是出现在某本诗集里，一点也不会让人感到突兀。

面对那晦暗莫测的"野未来"，我的心间出现了这样的句子：

孤独，是宇宙赐予的礼物

而未来让它变重

——《在宇宙的某个港口》

我的诗就是从某种哲思、句子的灵感中诞生，然后逐渐向四周拓展，成为一首诗。我的诗歌里面，有些内核让我念念不忘，后来被写成了小说，比如短篇小说《行星与记忆》，我就是先写了这首诗，后面才写了这篇小说。但也有相反的情况，我尝试着把一部小说重新用诗的方式来表达，看看它们的侧重点会发生什么异同。

我的诗不值一提，但我作为一个主要写小说的人，对同行写下的诗歌总有着按捺不住的兴趣。只要我发现小说家的诗歌，总会拿来读一读。我所关切的是，一个小说家写诗是出于什么样的动机，要表达什么样的东西是小说不能替代的？

我还记得我看到保罗·奥斯特的中文版诗集《墙上的字》（谢炯译）便迫不及待打开看，这位小说家认为这些诗歌是他写过的最好的文字。我能理解他的心情，我们都领受着诗歌的滋养。光看他的诗集名，"墙"和"字"的意象就很熟悉，在他小说中经常出现，甚至成为主要意象。当我读到这段诗时，我的脑海里甚至浮现出了他小说中叙事人的样子，甚至是保罗·奥斯特本人，那是他自己一生写作的精神自画像：

> 名字，从来没有离开过他的嘴唇：他说服自己
> 进入另外一个身体：他再度发现自己的房间
> 在巴比伦塔里。
>
> ——《书记者》

有的小说家写诗，还固守于曾经的格律，他会写得相当整齐。我们不能说他是墨守成规的，因为他肯定知道当代诗歌的样貌，但他还要那样去写，只能说明那种形式更符合他对诗歌的看法。也许他习惯了小说这个不受约束的文体，他更想尝试一种受到极大约束的文体，努力让诗歌回归古典的样子。我记得小说家哈金的诗，就是在新诗中努力追求整齐的形式。当然，再说远一些，鲁迅先生为中国白话文写作第一人，他嬉笑怒骂，不拘一格，皆成文章，但他写诗严格遵

守古诗格律，并且还达到一流水平，这就太不简单了。

还有一些小说家的诗是自由挥洒的，完全没有受过诗歌的训练，但其中所展现出来的特质，却时有让人眼前一亮的东西。我想起莫言写的那几首现代诗被很多人嘲笑，那样的诗自然跟大诗人的没法比，但我还是惊叹于莫言的想象力与叙事才华，即便在诗歌文体里，他所拥有的才华还是会显露出来。卡佛也是这样，他的诗自由松散，那种独特的小叙事和小独白，分明是从小说蔓延到诗歌里的。不妨说，他的诗歌几乎是他小说的浓缩版。

那对于写诗和写小说都是大师的博尔赫斯来说，他是如何看待小说和诗歌的呢？

在《博尔赫斯谈诗论艺》（陈重仁译）一书中，博尔赫斯调侃了乔伊斯的《尤利西斯》，他说想一想本世纪这本最重要的小说吧，我们读到了几千件关于这两个主角的琐事，可我们却不认识他们；而在但丁或莎士比亚的作品中，寥寥几笔，一个人的故事就呈现在我们眼前了，我们虽然不知道他们的几千件琐事，但我们好像跟他们更熟。

因此，博尔赫斯认为，小说正在崩解。"在小说上大胆有趣的实验——例如时间转换的观念、从不同角色口中来叙述的观念——虽然所有的种种都朝向我们现在的时代演进，不过我们却也感觉到小说已不复与我们同在了。"这对小说家来说，真是个悲剧！但他并没有完全否定全部的小说，他觉得人们听故事是不会觉得厌烦的，因此，传奇故事还会持续下去。人们在听故事的愉悦之余，"如果我们还能体验到诗歌尊严高贵的喜悦，那么有些重要的事情即将发生"。他相信诗人会重新成为创造者，并大胆预测了未来："诗人除了会说故事之外，也会把故事吟唱出来。而且我们再也不会把这当成是风马牛不相及的两件事，就如同我们不会觉得这两件事在荷马和维吉尔的史诗当中有什么不一样的地方。"他还进一步预言，这样的事情可能会发生在美国。读到这个，你会不会跟我一样揣测：瑞典评委们是不是受博尔赫斯的启发，才把诺贝尔文学奖颁给唱诗的鲍勃·迪伦？

　　博尔赫斯说完那番预言，半个世纪过去了，小说还在崩解吗？的确是的。小说继续崩解，小说家们努力寻找着新的方式、新的结构、新的语言……在崩解中小说家们试图力挽狂澜。我看到越来越多的小说具备了越来越多的诗歌质地。没有诗的质地，那些小说将碎裂成一地玻璃碴儿。随便举个例子，跟迪伦差不多也是近年来获得诺奖的汉德克，你拿起他的小说，如果耐着性子从第一句话读到最后一句话，你将会对当代小说彻底失去耐心。那里边连《尤利西斯》的琐事都没了，只剩下飘忽不定的情绪、感受与呢喃，别说熟悉或认识什么人了，你只大略看到了几个人影。我这样说，不是否定当代小说，而是想说，对这类小说的最好读法是将它们作为叙事的长诗，你将获得不一样的启示与享受。

那传奇故事的流传呢？先是大众文化的兴起，我们在报纸、杂志、电影、电视里看到了太多的传奇故事；再等到网络空间的兴起，其中更是充斥着各种大大小小的猎奇之事；最终，人们被几十秒钟的短视频所吸引，花费几十秒钟就能目睹一个小传奇、小故事，这对人性有着不可遏制的吸引力。不过，在那些东西中，跟文学关系越远的，精神营养不仅越稀薄，而且还有毒，生命力不会长久。君不见，还是《阿凡达》这类文学精神饱满的传奇故事占据着人类叙事文化的制高点。

我们必须承认：博尔赫斯是个大预言家。

博尔赫斯的预言来自他的分类法："诗已经一分为二了……一方面我们读到的是抒情诗与挽歌，不过另一方面我们有说故事的文体——也就是小说。"他的意思是，小说就是退化版的史诗。其实，无论西方还是中国，诗都是最早最主流的文学形式，是文明的精华与源头。在这里也顺便说一下，对当代诗的热爱让我还有一大收获，那就是让我更好地理解了中国古诗。古诗与当代诗的审美系统在很多时候是割裂开的，但随着对诗的深层理解，你会打开诗歌的内在精神并接续起来。以此为线索，古典文化中那些有价值的部分也有了被激活的可能。因此，用诗的思维来把握文化，肯定比出自文化内部的某个角落看问题要更加全面和清楚。

对诗人来说，万物皆诗：

而整个地球就像是一首长诗，

君临其上的太阳则是位艺术家。

——米沃什《太阳》

（《冻结时期的诗篇》林洪亮译）

　　对此，我深信不疑。今后小说家们要把自己的作品当成是地球长诗的一个章节，才会写出伟大的小说。如果你有更伟大的志向，想要写出另一首长诗，那你就得生活在火星上。

契诃夫的笨囚衣

作为一个长期写小说的人，经常会被冠以"小说家"的称号，显得特别专业。有时候我会强调这一面，但更多时候，我更喜欢"作家"这个称谓，觉得它比较宽泛一些，不会限定你的写作类型，也促使阅读的视野变得更加广阔。近期，我刚刚读完挪威作家埃丽卡·法特兰的非虚构游记《中亚行纪》。作者深入中亚的五个"斯坦"，以第一人称的参与方式，将中亚的历史与现实结合在一起娓娓道来，我读得津津有味并深受冲击。说实话，一部当代游记给我带来这种冲击是我始料未及的，因为在我的感觉中，这是一个空间透明的全球化时代，每一种文化、每一个国家都在镜头下无所遁形，不可能再从游记这种古老缓慢的文体中获得那种"文化差异"带来的巨大冲击力。

此前我在读斯文·赫定的《穿越亚洲腹地》，其中让我感兴趣的也是百年前的中国边疆以及中亚文化状况，它们对于今天来说，无疑是传奇性的，也是令人沉醉的。但没想到《中亚行纪》的阅读感受竟然远远超越了斯文·赫定的历险，后者可是大名鼎鼎的探险家和文体家。我知道，并不是说埃丽卡·法特兰超越了斯文·赫定，而是因为这是一部当代的非虚构作品，它刷新了我对当下世界的感受与认识，我得承认，我此前对当代的中亚国家状况一无所知。

非虚构文学这些年在中国也方兴未艾，这里边无疑饱含着人们对于时代现实的探索欲望与认识热情。人们经常说小说家都编不出这样那样的事情，每当这样的时刻，小说家只能坐在角落里，面露含蓄而尴尬的微笑。现实的丰富、荒诞与戏剧性让人们不再满足于那些只是表现熟悉生活的文艺作品。

我一直忘不了1890年的契诃夫。那一年，契诃夫刚刚30岁，他已经在文坛获得了不少名望，大家对他的新作都有着很高的期待，但这时候他突然做出一个出人意料的决定：他要去远东旅行。我们知道，远东是俄罗斯流放罪犯的地方，寒冷的天气与艰难的生存条件，让人对那里望而生畏。关键是，契诃夫的身体健康堪忧，疑似患了肺结核，已有了咳血的症状，但他还是执意要踏上这条苦寒之路。他穿越广袤冷酷的西伯利亚，一直来到了俄罗斯远东的尽头：萨哈林岛。

这座岛对中国来说并不陌生，就是库页岛，1860年俄国从清政府那里侵占了该岛，并成为流放和关押犯人的地方。因此可以想见，契诃夫去的时候，那个地方的生存条件是极其恶劣的。契诃夫在萨哈林岛上进行了详细的考察，深入监狱，和苦役犯谈话，用卡片记录了近一万个囚徒和移民的简况，目睹种种酷刑乃至死刑，心灵被严重烙伤，"以致后来多次在噩梦中看见这些场景"，他称萨哈林是"不可容忍的痛苦之地"。他回到莫斯科，完全放下小说的写作，花了三年时间写了一部非虚构作品——《萨哈林旅行记》，这是文学史上极少的为囚犯著书立传的作品之一。

最令我这个"小说家"震惊的是，在此之后契诃夫并没有把萨哈林岛的素材直接用在小说写作中。因为从艺术创作的角度来说，这些素材完全是一座富矿，可以滋养不少的虚构作品，但是契诃夫并没有这样做。

这难道不是一种巨大的浪费吗？

我对此不能释怀，觉得里边隐藏着什么被我们忽略的秘密，那关乎作家心灵深处的幽暗。我不敢说我能破解那个秘密，我只是以自己的理解去靠近那个秘密。

契诃夫去萨哈林岛之前说过一句话，他觉得当时的俄罗斯人都是灵魂空空的，他想去寻找一些能够填充灵魂的东西。但是萨哈林岛上的这种极端苦难，不但没能填补他的灵魂，反而给他制造了更大的痛苦。他直面苦难，把苦难如实写成作品，他给这部作品的定义特别值得深思：是他小说橱窗里的一件粗笨囚衣。我想，这件囚衣对他的精神意义是不可替代的。既然是衣，就得穿在身上，世界的苦难覆盖着弱小的生命，但弱小的生命挺直了腰杆，不让囚衣压垮自己，反而要用囚衣挡风御寒。囚衣是一种无休止的提醒：永远都不能逃避那最黑暗、最可怕的东西。囚衣也是一种强有力的矫正：写作要探测到时代的最边缘之处。

在契诃夫这次旅行百年后，它的精神线索出现在我们这个时代的作家作品中。有两位作家的声音给我留下了深刻印象，在我看来，他们构成了光谱的两端。

一个是白俄作家阿列克谢耶维奇，她写的《二手时间》为那样众多的人提供了"原声"的表达，作为近距离的中国人，我非常理解那些人的希望与失望。苏联解体对于中国的启示至今绵延不绝，但这本书并不是要给出什么结论，它首先是在"抢救"，抢救大量的新闻信息之外、之后的真实声音。她进行了大量的采访，把最有价值、最有密度、最有故事的那部分声音摘取出来，汇总在一起，构成了这本书。她的这种写作已经远远超越了写作本身，是一种"反写作"的写作。这种写作延续着契诃夫那个时代的文学精神，发扬着陀思妥耶夫斯基的"复调"方法，不同的声音在其中共同喧嚣着，讲述着一个历史转折的复杂时刻。任何一个单独的作者用虚构都无法匹敌这样的真实与深入，它撼动着那种轻盈的咖啡馆文学。

阿列克谢耶维奇代表的是一种他者的声音，她把他者的声音放大到极致，让自己变成彻底的聆听者，作家只是在选择和组装，这种过程遵循的是文学的艺术，而不是社会学的理论。

　　另一个作家是奈保尔。他生在美洲一个小岛国上：特立尼达和多巴哥。他长大后去英国奋斗，成为非常重要的作家。他是印度裔，故而他对印度怀有十分复杂的情感。他去印度深入旅行，写下了《印度三部曲》，已然成为了解印度的经典名著。如果说阿列克谢耶维奇继承的是俄罗斯的文学传统，那么，奈保尔在具体的写作形式上更加接近于契诃夫，毕竟他们都是小说家，以自我为叙事人，构建着他们观察和认识到的那片天地。在奈保尔那里，我看到了他那犀利的目光，对印度的种种现象进行了不留余地的批判，呈现出一种非常个人化的视角与色彩。他作为作家的主体声音如此强烈，构成了非虚构文学的另外一个极端。

　　在大多数非虚构文学中，这两种声音实际上是混合在一起的，只是比例多少的问题。作家主体的声音与他者的声音，在写作中协奏在一起。主体的声音是很难的，它需要作家有着超乎寻常的洞察力与思辨力；他者的声音也是很难的，它需要作家的敏感、行动以及无法重复的契机。而且声音的选择与作家本人的性情也息息相关，有些人可能天生就害怕把自己的内在世界暴露在外，而有些人天生就喜欢从自己的人生经历中吸取戏剧性和普遍性，这都是无可厚非的。其实这两种声音的协奏在虚构作品中同样存在，有些作家依赖生活中的他者为"原型"，有着细致入微的写实能力，而有些作家则天马行空，有着狂放不羁的想象力。但相对于非虚构作品，虚构作品的上空还是弥漫着更多的作家主体声音，这是不容忽略的。这也是为什么契诃夫要在自己的小说橱窗里用力挂上一件粗笨的囚衣。

当代文学将文体划分得很细：小说、散文、诗歌、评论、报告文学……很多传统的文学期刊编辑，对新生的"非虚构文学"很纳闷，不是有报告文学了吗？怎么还有个非虚构，该怎么设置栏目？我想，它们是一种互相补充的关系。报告文学更多的是展示一种国家视野与国家立场，它是一种很重要的视角，而非虚构文学则是把国家视角往下调，降到民间视角，甚至降到个体化视角，对应于我们这个纷繁多变的时代。非虚构文学的背后是技术进步带来的新现实：移动互联的普及，让我们每个人都处在自媒体的语境当中，甚至说，我们每个人都是一个自媒体，比如微信朋友圈就是一个个的小媒体。那么，在这个时代，每个人都在表达自己的生活，表达着自己所见的世界，因此我们需要一种覆盖面更广泛的非虚构文学。

他者的声音如此众多，如何收集、选择，汇聚成整个时代的声音，这个过程真的不容易。一个是人物的直接叙事，还有一个更大的外部叙事。后者会构成文本的结构，但这个结构不是一开始设置好的，而是需要根据人物的叙事不断积累之后才能逐渐显形。另一方面，对主体的声音要求更高了。你一开始乐于表达、展现自我的生活，那么在自我生活被写完之后，你就被迫进入更大的领域，要去写个体以外的题材。你的主体性要足够强大，才能消化那些海量的信息；你的主体性要足够智慧，才能穿透那些表层信息并得到振聋发聩的结论。从未有过一个时代如今天般，需要输入如此多的信息，需要输出如此多的话语，假如没有一个强健的主体，将很难建立起创造的平衡。

随着一个人的成长，他会更加亲近历史以及真实。因为人跟世界的相遇，只有在虚构中才能尽情体验，而只有在非虚构中才能得到有效矫正。正如奈保尔在《印度：百万叛变的今天》的前言中写道："小说写作的经验并不能帮助我。最好的虚构写作从内省开始，不需要渊博的知识。在这个更广大的世界中，我是一个局外人；我所知不够多，也无法让自己的知识足够多。反复犹疑之后，我发现自己必须与这个世界进行最直接的接触。我必须与我虚构写作的实践背道而驰。我必须用自己的方式尽可能真实地记录我的经历。因此我的写作有了分类：自由无限的虚构作品与严谨持重的非虚构作品，二者互相支持、互相滋养，是我理解这个世界的愿望的互为补充的两个方面。虽然我最初的想法是成为高贵的驾驭想象力的作家，但这二者在我心目中没有轻重之分。"
因此这篇文章并非着力于虚构与非虚构孰好孰坏的问题，而
是一种自我反思：写作如何深入时代，触及更多沉默的声
音、被遮蔽的声音，完整记录下这个时代的多重"复调"，
是相当重要的。我们未必能有契诃夫的勇气为自己亲手缝制
一件粗笨的囚衣，但至少要记得契诃夫的这个故事，记得一
个作家为何要做这样一件看上去很笨拙的事情。

长篇小说的文化诗学观

　　大致说来，西方古代是以诗和剧为文学文体的核心，中国古代则是以诗和文为文学文体的核心。自文艺复兴和启蒙运动以来，西方的小说文体和叙事艺术得到了大规模的长足发展，对塑造西方的乃至人类的现代文明都起到了不可估量的重大作用。而中国小说则起于唐代传奇，并伴随着强大的历史书写传统，在明清之际，也独立发展出了长篇小说的文体形态，得以细致绵密地表达中国人的生活细节以及人们内在的喜怒哀乐，成为凝聚中华文明独特性的语言容器。中西两大文明不约而同以小说的方式来叙述自身，这绝不是偶然的。从物质层面上来说，纸张成本的下降以及印刷术的发明与成熟，都是催动小说艺术发展传播走向社会大众的重要技术原因；若从文化的历史空间而言，社会经济的发展尤其是科学技术的推动，文化的复杂程度在以加速度的方式叠加，人们的生活变得精致而复杂，人们寻求并创造着一种更为复杂和精妙的文学文体，以便有效地观照人类的存在状态和叙述人类的精神思想。换句话说，人类必须建构一个与己相关的他者才能来理解自身，小说便是语言叙事构造出的文化镜面，只是这个镜面并非现实中冰冷而沉寂的光学反射物，而是复杂、流动，充满想象力的自觉意识在语言中思辨着存在的意象。

社会文化的现代性剧变让人们的文化心理变得更加敏感与复杂，人们无法满足于仅仅抒情言志，或是兴师动众地频繁去观看戏剧表演，人们需要一种容纳了诗歌、戏剧、沉思以及与自身生活情境完全贴合的叙事艺术形式，于是"沉浸式的体验"被小说率先创造出来。不同的经验和思想通过小说逾越了"你-我"的界限，这是对精神生命的一种模仿与建构。正如乔治·斯坦纳所说："伟大的艺术品像暴风一般，涤荡我们的心灵，掀开感知之门，用巨大的改变力量，给我们的信念结构带来影响。"因此，小说叙事艺术得到聚焦关注并抵达精神成熟是一种生命与文化的必然。我们可以看到，随着科技的发展，更新颖的艺术形式也沿着小说所开拓出来的沉浸体验的道路向前探索和建构，无论是电影、电视剧，还是网络游戏、VR游戏，都是不断在加强这一点。我们经常说文学是一切艺术的母体，那么小说则构成了现代到后现代一系列深刻影响大众的艺术形式的母体。"沉浸式体验"只是一种笼统的表达，其中所容纳的叙事技艺涉及文化和现实的方方面面，这正是小说这门艺术要借助文化诗学的方法去思辨和探询的，而这种思辨关乎以小说为母体的一系列大众文化艺术作品，进而关乎文化的价值建构以及人的内在文化心理。

如果以一个宏阔而相对粗疏的视角来看，可以确定的是19世纪以来长篇小说这种文学形式的成熟表明了小说开始大规模参与建构社会的文化意识，并且成为文化的一部分。20世纪，各种现代主义小说进行了各式各样的文体实验，它既是文化现代性的一部分，也是对于文化现代性带来的焦虑的一种回应，现代小说经常呈现出一种反现代性的现代性，一种反文化的文化创造性。20世纪也是人类整体文化剧烈变迁的时代，从宗教到政治，从社会组织到日常生活，有许多稳固的价值观念和存在方式受到了挑战并变得分崩离析。尤其是两次世界大战，更是将现代文明的危机凸显到了绝望的极致。小说的艺术及其在理论方面的自觉性在这期间也产生了犹如井喷一般壮观的文学景观：福斯特《小说面面观》、米兰·昆德拉《小说的艺术》、略萨《给青年小说家的信》等等，不胜枚举，作家带有极为鲜明的艺术思想在进行写作实践，对于小说作为一种文体的重要性以及复杂的艺术特点乃至哲学关怀都有了深刻的思辨。及至21世纪，作家几乎都具备极强的文化自觉与思想深度，对小说本体论的重视让小说艺术得以继续推进。这与19世纪的作家所写的文论在旨趣和内容上是大为不同的。19世纪的作家基本上没有全面系统地对小说本身进行论述，而是更热衷于对社会和历史等现实问题直接发言，在公共话语领域也具有极大的话语权和影响力。从雨果、左拉到托尔斯泰，作家都在积极塑造社会良知的形象。这方面以托尔斯泰为最典型的代表，他身上集中体现着他所置身的时代的价值分裂，他尝试用一己之力去弥合和探询，并进而直接走向了社会实践的现实范畴。

小说自成熟起，便大规模参与到文化的建构中，而小说意识的觉醒便意味着一种文化意识的觉醒，这两者之间是一种互通或互相支撑的关系。小说的艺术直接催生了现代叙事学的诞生，而叙事作为一种方法也成了包括文化研究在内的几乎全部人文社会科学的一种有机力量与独特视角。按照叙事学的划分，小说可以分为"故事"与"话语"两个层面。故事层面是由一系列的人物事件来构成的，这就无法避免人物与环境的时代特征以及历史语境。换句话说，在叙事学的视野看来，小说本身就无可避免地成为同时代文化的物质元素的某种文本容器或文化镜像。"话语"层面则是涉及"如何说"的问题，在此背后又无法避免地关乎价值、立场、情感、心理等深层的文化意识。因此，从现代叙事学来审视小说文体可以发现小说与文化之间血肉同构的深切联系，从而使得对小说叙事的研究走向一种更为开阔和灵动的文化诗学成为可能。

当然，要清醒地意识到小说的语言本质，文化借助语言的艺术在小说的空间内得到再现，但这种再现无疑是经过语言透镜的改变的。这也是文化人类学对民族志写作的一种反思，所有的民族志都必须经过语言的记录与转化，因而这事关叙事是否可能的根本性问题。文化能否被语言客观叙述和记录？这个曾经毋庸置疑的问题，忽然成了一个需要反思和审视的前提。美国人类学论文集《写文化：民族志的诗学与政治学》一书是当代人类学反思文化与书写的经典理论著作，有着里程碑式的意义，对人文科学及其他社会科学领域都产生了广泛影响。詹姆斯·克利福德发现了民族志不可回避地作为一种文学文本而出现，文学的方法渗透到民族志文本中，但这并非意味着人类学研究就并非科学的、无效的。福柯等人认为"文学"自身是一个临时的范畴，"从17世纪开始，西方科学就从它的合法库存中排除了某些富于表现的样式：修辞（以'直白'、透明的含义之名），虚构（以事实之名），主观性（以客观性之名）。科学所排除了的这些品质就落户在'文学'范畴之中。文学文本被认为是隐喻和寓言性的，由杜撰而非观察到的事实构成；它们为作者的情感、沉思和主观'天才'保留了大片天地。"这让人类学家们意识到民族志的客观性大打折扣，人类学的知识是被文学所渗透的，不可避免地有虚构的成分。在记录文化的过程中，无论是早期的观察阶段或是最后的文字书写阶段，漏掉大量的信息也几乎是必然的。那么，反而思之，当号称客观记录文化的民族志都具备虚构成分之际，小说的虚构反而具备了更多的价值和意义。虚构是人类存在领域中不可回避的精神现实，而小说从来不回避自身的虚构性，而是以虚构性为自身的文本优势，在虚构中反复锻打、实验与创造。

以社会"科学"为名的人类学在记录文化时都不得不面对如此多的语言诗学或说叙事学困境，而在重视主体内在经验与想象的小说创作中，知识与经验却以语言艺术的方式得到了保留，以一种转化性的符号方式而存在。在人类学家反思哀叹民族志的书写总是陷入"发明文化"的困境而不是再现文化的理想境地，作家实际上从中获得了更大的启发，正是以科学范式之名排除掉的那部分在作家这里得到了巨大的文化资源和形式自由。换句话说，作家及其小说的写作不必囿于科学范式的封闭式话语机制，可以向更加开阔和复杂的文化现实敞开。这一点结合中国当代的小说创作来看是极为清晰的。在一种宏大而既定的历史观念松动之后，作家们焕发出了巨大的创作激情，尤其是中国固有的地方性文化模式给予他们巨大的滋养，如韩少功的《爸爸爸》《马桥词典》、莫言的《红高粱》《檀香刑》《生死疲劳》、陈忠实的《白鹿原》、阿来的《尘埃落定》、贾平凹的《秦腔》等等，这些优秀作品都不仅仅是对文化的一种再现，更是对文化的一种"发明"与"创造",甚至是对文化传统的一种再造与丰富。

因此,我们要意识到,小说这种文本形式以自由的创造力而在整个人文社会学科的范式视野内开始获得比以往更多的合法性与阐述空间。那么,对长篇小说来说,有一个文化诗学的观念来支撑它巨大的精神体量与漫长叙事,其实是极为重要的,无论是写作还是研读长篇小说都应该具备一种文化诗学观。

内在的陌生人

——启蒙笔记

1

仅仅数十年，启蒙这个话题在中国已经从火烫的铁块变成了一首怀旧的老歌或是一件老款的夹克外套。社会语境自然发生了巨大的变化，但造成这种变化的根本原因还是新技术的出现，尤其是互联网的诞生和发展，彻底改变了人类对于现实、人性以及文化的理解。互联网上新的文化样态其实很难说不是启蒙的一种产物，但在具体的个体生命那里又和启蒙所倡导的精神有所出入乃至违背。因此，其中的微妙需要反复辨析，也构成了今天对于启蒙思想的重新理解。而且，新技术的发展呈加速度的方式增长，人与机器，尤其是人与人工智能开始步入了一种共生性的关系，工具的文化功能达到了一个前所未有的高度，这也对启蒙所想象以及建构出来的"人的形象"产生了某种挑战。何为"人"的概念是启蒙的基石，也是任何时代人类思想的基石，所以今天我们所面临的新情况与启蒙的问题领域依然是息息相关的。

2

康德给启蒙的定义是十分清晰的，他在《什么是启蒙》一文的开头说：

"启蒙是人类从自我造成的不成熟状态中解脱出来。不成熟是指缺少他人的教导就没有能力运用自己的理智。这种不成熟状态之所以是自我造成的，其原因不在于缺少理智，而在于没有他人的教导就缺乏运用自己理智的决心和勇气。"

然后他提出了启蒙运动的格言——

"要有勇气运用你自己的理智！"

重新品味这个定义和这个格言，感慨良多。启蒙跟自上而下的教化还是有区别的。他人的教导，这种方式无论如何在权力的程度上都要弱很多。因为那个"他人"并非一定来自权力的上层，而是一种唤醒，是一种对于每个个体内在主体性的一种唤醒。当然，你可以说这种内在主体性是一种假设，但这是极为重要的一个假设。

这个假设让我们醒悟：启蒙的根子还是在自身。理智是自身所有的，运用它不仅需要他人的帮助，更重要的是需要自身的决心和勇气。

3

启蒙所涉及的问题场域极为宽广，任何试图简化启蒙的方式都是危险的。我们暂且把启蒙分成两个层面来看。首先是它的政治层面的意义，启蒙运动在西方发起的时候，其反对的就是宗教政治。中世纪天主教对人们的控制比较严苛，启蒙要面对的就是人类在社会公共层面上，如何更理性地来处理和决断各种事务。其次，启蒙除了人类公共性的层面之外，还有一个个体化或者说日常生活化的层面，个人如何用理性来理解生命的幽暗，这种理解是否可能？

在大多数情况下，启蒙的公共色彩比较浓厚。启蒙更多关涉公共层面上理性精神的建构，其中确实有一种超越个体的整体性运思方式，涉及历史、社会、文化以及政治的一套机制建构。西方经过几百年的发展已经建立起了一座相对完整的大厦。当然，这也是西方在今天产生各种文化危机的原因所在。狭义的启蒙完成后，思想化成了各项具体的制度，以至于太多人在这种制度的保护下已经忘记了制度背后的思想。

那么启蒙的第二个层面，个体意义上的启蒙，它是一直没有完成的，或者说，它是永远不可能完成的。作为个体的人类，永远都需要一种理性的精神去反思自己，在更高的层面上去观照自己。就西方来说，启蒙运动反对神学教会，但很多启蒙思想家都为信仰留出了位置。因此，在个体的层面上，神学传统反而为个人主体的建构提供了思想资源。在神的位格上对人本身的局限性可以看得更加清楚。这点时常被中国人所忽略。中国文化还是缺乏（或受抑制）超越性的神学传统，基本上处于单一的社会层面的视角；此外，一方面个人主体建构欠缺，另一方面对人的局限性也时常处于忘记状态，这样的状况不容乐观。

4

启蒙不能被简化，更不能被绑架。

美国学者詹姆斯·C.斯科特写了一本书《国家的视角》，副标题非常长："那些试图改善人类状况的项目是如何失败的"。

他提到一个概念特别重要，叫"极端现代主义"，就是相信科学技术的绝对进步，并直接应用到全部的国家事务里。这种历史观是一条直愣愣的线：过去全部是落后的，而未来一定是光明的。这与曾经影响过鲁迅的社会达尔文主义不同，社会也许会像生物那样进化，但社会进化的方式毕竟是多种多样的，是允许缓慢和凝滞的，但极端现代主义觉得只要能快点进入未来的蓝图（乌托邦），就要尽快甩开传统、习俗和历史的包袱，通过国家对经济、生活方方面面的全盘规划，一步到位。

书中有巴西和坦桑尼亚的例子。

巴西首都巴西利亚被斯科特称为"最接近极端现代主义的城市"。巴西利亚的建立便是为了反对旧巴西的腐败、落后和无知，要与之截然区别开来。但是，巴西利亚的公共空间都是官方指定的，咖啡店、街角、小公园、小区广场等都不存在了，每一个单位住宅的正面都是完全相同的几何形状。这种正规统一的设计是极为单调和贫乏的，居住其中的人还谈什么主体性。

坦桑尼亚在20世纪70年代有一次名为"乌贾玛村庄运动"的社会实验。该国当时有一千两百万人口，其中有一千一百万人分散在黑土地的各个角落，总统尼雷尔觉得这样不行，要发展成美国那样集约化、工业化的现代农业才行，便把九百万人聚拢住在一起，集中人力和土地发展现代农业，将原本混种的田地强制变为种植单一农作物，在虫灾后损失极为惨重。

与其说这叫国家理性，不如说这是一种官僚制的运作方式，远离了地方性经验，用想象、概念和论证代替了现实。这种方式本身就是不成熟的状态，而自上而下的强硬运作也没有机会让民众运用自己的理智。

5

法兰克福学派的霍克海默和阿多诺合著的《启蒙辩证法》对启蒙进行了一次极为深刻的反思。

在他们看来,启蒙变成了一个神话。

本书一开篇便说:"就进步思想的最一般意义而言,启蒙的根本目标是要使人们摆脱恐惧、自立自主,但是被彻底启蒙的世界却笼罩在一片因胜利而招致的灾难中。"这本书是1947年出版的,世界还处于二战的废墟之中。他们责怪启蒙的原因是,启蒙导致了工具理性为主导的思维模式,把理性尊为人类唯一的善行,把理性上升到神话的位置,最终导致了法西斯主义的灾难。

这个指责够重的。

子弹一样穿透墙壁的话在本书中随处可见,比如:"启蒙始终在神话中确认自身。""启蒙带有极权主义性质。""启蒙对待万物,就像独裁者对待人。"启蒙被扫射到体无完肤的地步。

但他们批评的这个"启蒙"似乎更侧重于文化工业时代形成的人的困境。他们怀疑个人主体是否真的存在过:"人们越是在每种情况中显露出与众不同的独特个性,那么他们就越是与他人有着共性。""个性化从来就没有实现过。以阶级形式存在的自我持存，使每个人都停留在类存在的单一层面上。"他们将分子化的个体视为经济和社会机制的产品，强调个人主体的被塑造性。

这的确是一种重要的提醒。除了"极端现代主义"的状况之外，理性作为启蒙的工具，将事物变得抽象化，这也会导致词与物之间的关系分离，词的内涵被篡改，观念被直接表述成了事实，而事实不得不向扭曲的词低头靠拢。这样怎么能不出问题呢？

他们引用了托克维尔《论美国的民主》中的话："暴君使身体获得了自由，却把矛头指向了灵魂。统治者不再说：你必须像我那样思考，否则就割掉你的头；而是说：你可以自由思考，不用像我那样；你的生命，你的财产，你的任何东西都应该是你的，不过，从这一天起，你在我们中间就变成一个陌生人了。"陌生人意味着一种软弱无力，意味着"受雇于自己"。在文化工业的时代，文化的批判性被吞噬了，不再有否定性思想的真正位置，危机随时可以降临。

哈贝马斯作为法兰克福学派第二代的杰出思想家，提出了一些新观念为启蒙正名。理性的内涵被扩充，成为"交往理性"；主体性也成为"主体间性"；启蒙不再是神话，启蒙是一种现代性，而且是未完成的。他为那种陷入疯狂的工具理性也寻找解释："已经释放出来的功能主义理性对交往社会化过程中所固有的理性要求视而不见，从而使生活世界的合理化流于空泛。"这种对理性的分解，在整体上保证了理性的合法性。法兰克福学派终于接续上了启蒙的大江大河。哈贝马斯强调进步和解放的内涵尚未耗竭，要把启蒙哲学的精神内核充分释放出来运用到实践上边，要"理性地塑造生活"。

6

中国的启蒙与启蒙运动不仅空间不同、语境不同，而且还有时间差。

启蒙运动主要是18世纪初以法国为原点在欧洲展开，它传入中国的时候，实际上已经到了19世纪末期了，有一个差不多两百年的时间差。而在19世纪末，西方的主流思潮是浪漫主义，因此中国人接受的启蒙思想其实混入了很多的浪漫主义思想。此外，启蒙本来是一个特别缓慢的历史进程，西方经历了几百年的时间才用启蒙的思想观念建构了一整套的社会文化机制；而中国在风雨飘摇的晚清借用启蒙的思想资源，是想快速达到富国强兵的目的。

毫无疑问，梁启超是中国启蒙运动初期影响最大的一位。他作为首批有现代意识或者说有世界意识的知识分子，借用启蒙的观念，实际上是回应中国当时的现代性焦虑。那种现代性焦虑的核心是救亡图存。我们经常说近代中国的启蒙经常被救亡所压倒。在梁启超身上，这一点体现得特别明显。

梁启超有一个重要说法，便是"新民"。他的老师康有为主导的百日维新失败后，梁启超把这场政治上的失败归结为民众素质的问题。所以，他提出了"精神维新"这个说法，这无疑把康有为的观念往前推进。当然，也是接续到了中国现代转型的命脉。

我的朋友郑焕钊专门研究梁启超与中国启蒙的关系，他的专著《"诗教"传统的历史中介：梁启超与中国现代文学启蒙话语的发生》从整体文化视野出发，认为梁启超的政治启蒙是以文学作为主要的话语方式，并影响到了中国现代文学中启蒙话语的发生。梁启超像是一座桥梁，沟通了古典诗教传统与现代启蒙话语。

但如果具体来说，很显然梁启超将启蒙跟政治几乎画了一个等号。他专门有篇文章，就叫《论小说与群治之关系》。他的论述若用今天的理论来阐释，可以表述为：小说有能力以一种精神认同、政治认同的方式，建构起一个民族国家的想象共同体。

今天没人会相信小说有这样的力量，但如果把小说改换成另外的艺术形式，比如好莱坞的电影，还是有相当的文化力量。

新文学运动之后，白话文小说兴起，但更受欢迎的不是鲁迅，而是张恨水以及"鸳鸯蝴蝶派"的情爱小说，这让梁启超特别失望和痛恨，他甚至有些偏激地指责"鸳蝴派"小说"诲淫诲盗"。

他亲自操刀写了一部长篇小说《新中国未来记》，但是没能写完。因为他很显然不具备一个小说家的思维方式，他的思维方式是政论式的，特别急切地想要达到某种具体的目的。与其说他想用小说急切地改变人们的思想观念，不如说他用小说直接描绘了自己的政治蓝图。小说在他那里失去了艺术的形式，完全成了政治思想的工具。这种方式在小说写作中当然是会失败的。

当然，失败还有一个深层原因，他无法想象一个与现代世界全然有别又以中国为主导的世界模式。没有人能跳出历史的语境，尤其是世界史。

梁启超会喜欢什么样的小说呢？会喜欢今天所谓的"纯文学""严肃文学"或叫"传统文学"吗？它几乎变成了启蒙的最后领地。但我认为，梁启超也未必真的会欣赏这种"纯文学"，因为里边有太多个人化的复杂经验。另一方面，如今网络小说的繁荣远比当年的"鸳鸯蝴蝶派"声势浩大，梁启超肯定是更不喜欢的。这两种文学他都不喜欢的状况，我觉得包含了早期启蒙者的某种悖论。这种悖论对我们今天进行启蒙的反思极为有价值。

7

谈到启蒙的悖论，我立刻就想到了鲁迅先生。

鲁迅杂文集《坟》的第一篇《人之历史》，便以进化论为基础，写了人类的起源和演变的过程。这当中有着他的关切：既然人类可以由简单到复杂，可以由低级到高级，那么，中国也不例外。当时的中国危机重重，但在这个规律之下，就还是有希望的。

何为人，人何为，人为何，成了鲁迅一切作品和思想的内核。在鲁迅那里，并非生物学意义上的人就是人，人必须得在进化的过程中来完成人的存在，而且，人首先是个人，是内在的人。他在自身思想起源之际便觉察到了这一点，并与传统进行了辩论。"个人一语，入中国未三四年，号称识时之士，多引以为大诟，苟被其谥，与民贼同。意者未遑深知明察，而迷误为害人利己之义也欤？夷考其实，至不然矣。"（《文化偏至论》）

鲁迅的思想，若放在个人层面上，是要完成人这一存在；若放在民族的层面上，则是要改造国民性，将文化变成文明的存在。正如他有段耳熟能详的名言所说："人固然应该生存，但为的是进化；也不妨受苦，但为的是解除将来的一切苦；更应该战斗，但为的是改革。"（《论秦理斋夫

人事》）

这也是鲁迅跟尼采的区别。鲁迅思想受尼采影响，但作为非西方后发国家的作家，他不得不有民族层面思想。他提出"中国欲存争于天下，其首在立人，人立而后凡事举"，但他没有就此停留在"救亡图存"的层面上，他首先对自身的生命进行了极深的思辨。鲁迅对现代人的理解如此深刻，超越了其师章太炎所说的"大独必群"，也和陈独秀、胡适的自由主义视野下的个人主义不同。鲁迅笔下的人是完全孤独而内在的个人主体。鲁迅的小说除了《药》《祥林嫂》等众所周知的几篇，还有两篇不得不读，一篇是《孤独者》，一篇是《长明灯》，隐喻地写出了个人的孤独与觉醒。

因此鲁迅的思想远远比梁启超深刻。梁启超意义上的"新民"只不过是现代公民，而鲁迅意义上的"新人"则是感到了启蒙悖论的内在的人。这也是为什么我们今天还要读鲁迅的根本原因，他的困境依然是我们今天的困境。

在鲁迅这里，对启蒙最深的理解还在于启蒙者对于自己的反思与启蒙。启蒙者大多有一种高高在上的姿态，这也构成一种文化的神话。放弃高高在上的幻觉，对启蒙者自身的局限性进行认定与思考，才是回到了启蒙的本义，才能将启蒙的使命延续下去。

但这正是启蒙的痛苦之处。启蒙为什么需要勇气？就是要把刀刃同时对向自己的心脏。所以说，今天重新回望

"五四"，我们会发现除鲁迅等极少数人外，大多启蒙者都没完成自我启蒙，这是一种本质性的欠缺。将全部责任都怪给"救亡压倒启蒙"，也是缺乏自省精神的一种体现。

8

同为启蒙者，鲁迅和梁启超的差别就如此之大。

其实启蒙运动的那些思想家个个都很有个性，他们的思想有时候也天差地别。卢梭和伏尔泰的差别也不小。卢梭在《论人类不平等的起源和基础》中写道："思考的状态是一种反自然的状态，沉思的人是一头堕落的野兽。"这分明便是对理性的一种嘲笑。这种嘲笑的回声直到20世纪还能听到，米兰·昆德拉在演讲中就提到："人类一思考，上帝就发笑。"实际上19世纪的浪漫主义思潮就已经对启蒙运动所倡导的理性主义、个人主义等价值观念提出了尖锐的批评。

但谁能想到，给人感觉叛逆的尼采却厌恶卢梭。他在《权力意志》中说："我反对卢梭的18世纪，反对他的'自然'，反对他的'善人'，反对他对情感的统治地位的信仰——反对人的娇弱化、虚弱化、道德化：一种理想，它产生于那种对贵族文化的仇恨，实际上就是那种放纵无度的怨恨感的支配地位，被虚构为斗争的标准——基督教徒的罪感道德/怨恨道德（一种贱民态度）。"

如果说18世纪的启蒙运动的基本精神是理性、自由和平等，那么尼采所提倡的则是精神自由、生命意志和高贵低贱的划分。尼采反对自由平等，认为平等化的大众社会扼杀天才和创造，产生庸人，而文明的进化则是超人创造出来的。这些都是对启蒙运动的反动，但他也有和启蒙运动相一致的思想，尤其在崇尚自由的个人价值方面走得更远。尼采在个人生命的思想维度上有着近乎悲剧般的深刻觉悟，他极度强调启蒙的第二个层面。因此，他一方面说反对18世纪，一方面又说要召唤回真正的启蒙精神。他的《人性的，太人性的》就是想把启蒙从社会体制运动中剥离出来，认为启蒙"只是对个人才提出来的"，与革命和道德都无关。这些思想多多少少影响了鲁迅，也影响了福柯。因而，尼采是丰富了启蒙，而不是否定了启蒙。尼采的哲学可以视为继启蒙运动之后的又一次"新启蒙"，拓宽了启蒙的河道。

9

我作为写小说的，不免想再说几句小说的事情。

现代小说实际上也是启蒙运动的艺术产儿，甚至说，小说可能是启蒙运动迄今为止最重要的一种艺术形式。因为其他的艺术形式很快就完成了现代性的建构或者形式，但是小说尤其是现代小说，它一直有一种自我质疑的精神在里面。

这点在鲁迅身上是极为鲜明的。即使到今天，真正的文学作品依然有着这种自我反思、自我怀疑的精神。在小说中，经常让思想的预设走向它的对立面，这大大拓宽了启蒙精神的复杂性。它让启蒙不仅仅是一种自上而下的政治教化，或者是一种自下而上的政治反抗，它超越了二元对立，它在丰富性中具备了矛盾的张力，因而实际上就建构了复杂而多元的人的主体性。

10

现代小说中的主体性究竟可以复杂到什么程度呢？既不是普鲁斯特，也不是乔伊斯，而是莫里斯·布朗肖。

布朗肖是我十分喜爱的作家，但他文字实在是晦涩。我不喜欢晦涩，可无可否认，那种晦涩中含有难以言喻的优美，不是辞藻的优美，而是思想的优美。那就像是观看复杂的思想体操，突然，有一个动作击中了你的心，那犹如一记重拳，从此你受了伤。

这种晦涩并非康德哲学体系中的复杂性，在布朗肖那里，写作是一种不可能的言说，因而他的晦涩体现的便是写作的不可能性。他的写作是一种期待，并非期待某种确定的东西，而是期待不可命名的事物。不可命名的事物怎么会不晦涩呢？晦涩体现的便是不可命名的不透明性。

布朗肖提出了"可能的不可能性"，相比海德格尔提出的"不可能的可能性"愈显绝望。甚至可以说，这意味着启蒙运动以来的个人主体的死亡，意味着西方形而上学传统的解体。但他没有甘于这样的死亡，不妨说他将自己放在绝境中去试炼。就像黑暗不仅仅是白昼的对立面，黑暗本身也是对自身的取消，写作置身于这种取消当中。

他的写作是"自视为目"的："我的话语，像是太高的颤音所形成，先是吞噬了沉默，接着又吞噬话语。我说着话，而同时我也立刻被置放到故事的中心。我纵身跃入那片将我烧尽却也同时让我变为可见的纯粹灾火里。对于我自己的目光，我变为透明。看着人们啊：纯然的空无逼促着，使他们的眼睛自视为目，而一个盲介于域外之夜和域内之夜的恒定不在场证明让他们得以终其一生都拥有日光之幻影。"（《黑暗托马》）

如果语言是一种照亮，但语言构筑的文学空间却不是照亮的聚合，不是无影灯，而是恰恰相反，要把可见之物变成不可见之物。不可见之物才是精神性的存在，才能抵达存在的深处。这是反写作的写作、反文学的文学，个人的主体看似消散了，实则变得更加强大。这种强大不是一种体积或权力的反抗，而是出自生命意志中求生本能的韧性，是个体声音在突破某个边界之后的弥漫。

他的迷人之处在于，他将悖论并置："这场质疑由理性引领。唯有理性能够瓦解那作为其使命的稳固性。唯有理性能够获得足够的连续性、秩序，甚至激情，让任何的庇护不复持存。但每迈出一步，苦恼都随之而来。"这难道不是启蒙的深层悖论吗？是理性在引领质疑，是理性在瓦解稳固，是理性获得了激情，但理性的一步之外，便是无尽的苦恼和苦涩。况且，这一步是必须迈的，人总是要向前走的。

因此，究竟谁能保持住真正的理性呢？又能保持住多久呢？有多少程度呢？被这些问题所困扰的理性，才是理性的真相吧。

11

相较于海德格尔，我对伽达默尔感到更为亲切。伽达默尔活了一百多岁，六十岁的时候出版了代表作《真理与方法》，这种生命轨迹让人深感踏实。

伽达默尔提出人类历史上有三次启蒙：第一次是轴心时代，第二次是启蒙运动时代，第三次是现今时代。这将启蒙从启蒙运动的小历史中释放出来了，进入了人类大历史的视野。他说："整个大希腊时期的思想史，从毕达哥拉斯直到古希腊文化的科学都是启蒙史。"那么，中华文明也参与了第一次启蒙，诸子百家的春秋时代，建构了中国历史上最为重要的一次启蒙。第二次启蒙运动发源于欧洲，但其建构的思想与制度已经成为当今世界的一部分，也是非西方社会的一部分。

伽达默尔提出了现代的第三次启蒙。

"科学越来越清楚地告诉人民：生活于其中的世界所具有的可能性是有限的，世界照此发展就会崩溃。""真实沉醉于技术的迷梦和着魔于解放的理想社会构成了我们时代的偏见。唯有对此进行反思，亦即勇于思维，才能把我们解放出来。"这次启蒙不是肆无忌惮地应用理性，而是要认识到理性的界限。什么是真正的经验？就是使人类认识到自身有限性的经验。"人有理智就在于我们意识到界限，这种界限是通过使科学不能反映它自己的前提和后果而设定的。"他说出的内容，以及他所说的方式，都让我感到极为踏实，暗暗点头称是。

他提出了振聋发聩的口号："启蒙与人类共始终！"启蒙与人类的成长进程已经融为一体了。

12

说到伽达默尔，我还想提提理查德·罗蒂。

这是个美国人，通常被称为后现代主义哲学家，但他自己表示反对后现代主义的这顶帽子，因为他觉得后现代主义意味着在政治上的无望感。看来，他的气质肯定是积极入世的。

　　没错，他作为美国人，肯定多多少少继承了杜威的实用主义哲学，因而他和伽达默尔同为解释学领域的大咖，却也有一些值得一提的区别。在他看来，已经没有了绝对真理（而伽达默尔的代表作就叫《真理与方法》），因而也不再有掌握绝对真理的启蒙导师。对话不是真理的目的，而对话就是对话本身的目的。思想只是谦卑地表达我们存在的各种意见，思想者不是高高在上的导师，而是聊天的伙伴，甚至是在暗夜独语，无人倾听。——这种描述在我写这篇文章的今天已经不算是哲学，而差不多成了现实。

　　但罗蒂让我们不要沮丧，要向前看。向前看，这正是启蒙运动留下的遗产。我们还是要有通过实践去创造一个更加美好的人类社会的抱负。他提醒我们，要将启蒙运动的政治方案从其过时的认识论基础中脱离出来，因为启蒙归根结底是个哲学问题，而不是史学问题。这个区分很重要，很多攻击启蒙的论调都陷入了历史与政治方案当中。比方说，启蒙时代关于人的各种话语既是普世主义的，同时又是相对主义的，既是世界主义的，又是欧洲中心主义的，如果用史学的方法去处理，自然问题重重；但是以哲学的方式去思考，就可以超越这种具体的历史语境，并回应我们今天这个时代的关切。

　　这么看，罗蒂似乎比伽达默尔还要令人感到踏实。

伽达默尔看重人文学科对于人类心智的培育，可以让人持有"敏感性"，从而获得某种真理。但罗蒂认为追求真理的目的会将人概念化和抽象化，忽视人的实践内涵，人实际上从主体变成了客体，是一种异化。因而他提倡一种"模糊主义"，学科之间放弃边界，"无论是诗人还是政客，都不会比别人更科学、更理性、更深刻"。即便是科学，也只是人类多种话语中的一种形式，是一种应付环境的工具，也没有什么特别的——其实这正是后现代思想的特点。罗蒂的帽子上的后现代标签是撕不掉的了。

不过，罗蒂踏实到了这种令人觉得有些随意的程度，似乎就让人有些隐忧了，也许这是因为直到他过世的时候（2007年）人工智能还没得到大规模的应用。我不知道他会怎么看待AI，如果他能论述出AI也没什么特别的，那才是我们渴望的定心丹。

13

当代哲人中只有米歇尔·福柯具备强大的思辨力可以写下与康德同名的文章：《什么是启蒙》。

福柯高屋建瓴，首先论述了现代性与启蒙的关系。他说，在现代性之前是"一个多少有些幼稚或古旧的前现代性"，而在现代性之后，则是"某种莫测高深、令人挠头的后现代性"。由此，他提出了一个重要的追问："现代性是否构成了启蒙的后果及其发展，或是否应将其视为对18世纪基本原则的断裂或偏离。"

但随着思辨的展开，他让我们看到，"启蒙"与"现代性"尤其是现代哲学有着根子上的一致性。启蒙的勇敢、求知与摆脱蒙昧正是现代哲学的问题指向。"现代性"可以视为启蒙的一种"批判的态度"。而他再一次确认，康德那篇论启蒙的文章是"现代性的纲领"，是基石样的存在。

我们通常将福柯视为"后现代思想家"，可在这里可以看到他的思想其实是很"古典的"。

关于启蒙与人道主义之间的关系多有误解，福柯坚定认为，这是两回事，启蒙是启蒙，人道主义是人道主义。启蒙是一个永无止境的过程，是无法真正完成而又必须得持续努力的任务。福柯不仅是为启蒙辩护，更是为启蒙松绑，把启蒙从具体的历史时期分离了出来，并渗入了情感的成分——启蒙变成了一种对于时代的持续的批评态度，甚至"像是希腊人所说的精神气质（Ethos）"，这是极为睿智的。所谓"态度"，他指的是人存在的当下性，是一种与同时代发生联系的方式，是"一种由某些人做出的自愿选择"。这得以让我们"努力探明现代性的态度如何自其形成伊始就处于与各种'反现代性'态度的争战之中"。换言之，"这是一项需要耐心的劳作，这是它体现了我们对于自由的渴望"。

最意味深长的是，福柯回应康德那篇《什么是启蒙》的文章中提到的人类的未成熟状态，表示启蒙运动还没有让人类成熟，而且，至今人类仍然尚未成熟。

14

启蒙在今天的处境的确愈加艰难，两个层面上来看都是如此。

如果拨开启蒙的历史和政治的大机制，我还是认可福柯所说的：它可能更是一种气质，一种哲学的生活。今天相较于福柯的时代，哲学也面临某种深远的终结。作为一个作家，我时常武断地想，今天唯一作为启蒙的生活样态就只剩下文学生活了。现在有很多读书会，就寥寥十几个人坐在那里，实际上这就是我们这个时代启蒙生活的缩影。

如果我们追根溯源启蒙的原意，Enlighten，就是光源和照亮。我们还是得相信光源的存在，相信自己也是光源的一部分，可以照亮自己，也可以照亮别人。尽管它的光芒可能在今天被大众文化（文化工业）的奇观所遮蔽，但是这样的光源对于我们来说依然是必要的，这需要我们把火种延续下去。所有的创造都是一种延续，尤其是今天面临着科技高度发展的时刻，人的危机在加剧。启蒙运动建构了一个现代文明生活的模板，以及个人权利的模板，那么这两个模板在科技高度发达的时代，实际上面临着崩解的危险。因为人的生命本身极有可能在科技的作用下发生重大改变。在未来，如何建构一个"人的形象"，可能是启蒙运动的光芒所能照耀到的最远的地方。但启蒙不会终结，与未来伴随的新启蒙自然会开启，正如伽达默尔说的："启蒙与人类共始终。"

15

仅仅是相信光源和照亮就够了吗？

还远远不够。

还要看到更为庞大和永恒的黑暗。

所谓照亮，首先便是相对黑暗来说的。照亮，这个场景只能是从黑暗中生发出来的。与此同时，照亮显现了一些事物，这些事物本身也赋予了黑暗以形体。

带着这样的黑暗之思来理解意大利思想家阿甘本提出的"同时代的人"，他说："同时代人就是感知时代之黑暗的人，他将这种黑暗视为与己相关之物，视为永远吸引自己的某种事物。与任何光相比，黑暗都是直接而异乎寻常地指向他的某种事物。"简言之，所谓的"同时代的人"便是紧盯自己时代的苦难，感知其黑暗而非其光芒。

当我们想象光的道路时，就会发现已经照亮的部分是微不足道的，因为黑暗是广大无边的，如果只是被眼前的照亮所满足，极有可能会陷入蒙蔽。而把自己与无边的暗处相联系，时时刻刻有那样的背景为参照，在凝视中获得洞穿黑暗的视力，自然会像福柯所说的，对时代实现持续的批判，那便是启蒙的气质。

盯住黑暗，洞穿黑暗，照亮黑暗，所需要的已经远远不是理性，更不是知识，而是决心和勇气。

对此，从康德到阿甘本，以及上文所提到的所有思想家，应该都毫无异议。在他们看来，我们应当首先领受这样的启蒙。

辑

三

技术时代的文学叙事

　　自从电影《变形金刚》《阿凡达》之后，好莱坞的科幻大片接踵而至，从《普罗米修斯》《超人：钢铁之躯》《重返地球》到热播的《环太平洋》等，都是一场场视觉上的盛宴，那些瑰丽的想象、惊险的场面，令人叹为观止。我们也许是抱着爆米花喝着可乐看完这些电影的，仿佛只是做了一场梦，走出影院后，那些梦随风飘散，与我们的生活好像没多大关系。但深究起来，事情并非如此简单。

　　我们不妨做一个简单的回忆。仅仅十几年前，我们使用的手机都是按键式的，也没有摄像头，我们无法想象可以随时随地记录下周围的影像并且传送出去；而今天，我们使用的手机都是智能触屏的，还配有摄像头，我们不但可以超越空间面谈，还可以用两根手指在屏幕上随意拉伸一张图片。曾经，如果两个人的生命轨迹没有交集，度尽一生都不会相识；现在，打开微信便可以认识附近毫不相干的陌生人。

这种改变以十年为单位，在我们的日常生活中点滴沉淀，以至于我们失去了对这种变化的敏感与热情。我们甚至会觉得，只要有钱，什么样神奇的机器都会造得出、买得来。正是在这样的心理基础上，我们今天看科幻电影，不再是急切地寻求某种改变世界的技术奇观，而是和看其他电影差不多，我们更加关注故事的情节、人物的命运，那些神奇炫目的技术展示，正在变成一种烘托的背景，乃至早有默契的桥段或道具。

这种对技术的发展已经乐观到了漠然的社会心理，宣告了一个越来越细腻的技术化时代的到来。

所谓"技术化时代"，不仅仅意味着使用技术统治一切，而且更是意味着文化政治上的无条件许可。换句话说，技术成为一种难以察觉的意识形态，开始深度地塑造起人类的精神生活。这从传统的人文学范畴来看，是不可思议的事情，是令人惊悚的事情，因为人类灵魂的崇高存在是一切人文学的前提与假定。技术将会以怎样的方式介入灵魂的领域？想想电影《黑客帝国》里边的悲壮场面：人类完全被一种虚拟的假象所统治而又全然无知，人类的真实不仅被重新诠释，而且变得不可接受，生命的价值与意义遭遇到了前所未有的危机。现在，当我写这篇文章时，距离这部电影首次上映已经过去了十年，所谓的"赛博空间"越来越成为我们每个人生活的一部分，人与机器之间的关联在进一步加深。我们不妨再次回味这部电影，然后反问下自己：人真的可以只作为意识本身而存在下去吗？身体感知的自由、行动的自由、出生与死亡的自由，这些往往带给我们痛苦与失败的自由，又是在何种意义上让我们享有了生命的丰盛？

当然有人可以说《黑客帝国》只是一个噩梦，但无可置疑的是，技术化时代就这样悄无声息地开始了，几乎涉及全世界的每一个角落。在这个想方设法满足欲望的消费社会里边，技术与各种艺术结合，创造着数不清的时尚景观。因为技术已经成为媒介本身，已经成为空间本身，它既提供舞台又提供观众。而技术与权力的结合，更是让技术变成了锋利的刀刃，有着无坚不摧的力量。同时，权力也被技术赋予了变幻莫测的魔法，乃至可以轻松抵达细小微末的角落。但是，技术与权力，这两者绝非永远和谐相处的，它们常常会走向彼此的反面，那种时候，如果不是灾难的爆发，往往就是变革的开端。

在这样的语境下坚持写作，必须得更加深刻地理解我们所处的这个"现代"。这是一个将全部事物连根拔起的时代，它的根基不在静止的大地上，而是在运动的加速度上。"现代"与"技术"已经成了同构的事物，它们密不可分，交融在一起。所以说，技术时代的风险其实就是现代性的风险。世界那不可见的晦暗在不断加深，每个个体面对的都只能是一个庞然大物的局部侧影。海德格尔就曾这样断言：
"技术是形而上学的完成形态。"形而上学，就是对高于可
见现象的不可见本质的哲思，当技术出现的时候，哲思变成
了凌空虚蹈的玄学，无法解决各种实际的问题，而技术在以
自己的方式为万事万物提供着貌似精确的答案。如果这个答
案错了，那么没关系，一定还可以找到更好的解决之道，而
无论哪种解决之道，其所依赖的这一套数理逻辑是确切无
疑的。

　　海德格尔为这个技术时代找到了两个关键词，一个是
"预置"，一个是"座架"。所谓"预置"，就是技术作用
在事物之上，是为了将其"预备"成为另一种事物，比如土
地为了煤矿，而煤矿为了热能，热能为了电能，电能为了生
产……几乎可以一直循环下去。而"座架"就是让现代社会
得以运作的那个框架与系统，它为技术的那些流动与改变提
供着力量、轨道与合法性。从这两个关键词出发来思考面前
的这个世界，我们会发现我们早已陷入这个快速流动的、被
预置为他物的庞大框架当中，像是无可奈何的宿命一般。我
们可以想象得到，海德格尔在内心深处对这个技术时代的来
临所怀有着的，一定是那种面对猛鬼巨兽的恐慌之情。

　　说了这么多耸人听闻的危言，好像技术失控的危险已经
面临着千钧一发的时刻，但实际上，人类精神文明的内涵与
潜能远没到山穷水尽的地步。文学作为人类精神文明最丰富

的载体，也没有失去它的关怀、责任与绵延不绝的力量。因为技术时代阐述自身的方式，与历史的其他阶段一样，都依赖叙事。人类对自身的认识从来都是以叙事开始，以叙事终结。我们总是需要一套强大的故事系统，隐喻性地描述我们从何处来、到何处去的核心问题。19世纪，那些伟大的作家站在人类精神的顶峰处，对人类的前景抱有光明的希望。20世纪，经历过两次世界大战，人类陷入悲伤彷徨的困境，那些伟大的作家写尽了对黑暗与绝望的体验。21世纪，一个技术统治的时代，我们的希望与绝望都注定要在技术营造的仿像当中迷失掉，而伟大的作家，就是要把人类心灵的敏感与丰富从这样的迷境中拯救出来。

这样说既不是诗意的夸张，更不是高估了文学蕴藏的能量。

技术时代的最大特点便是无限缩小了人类直接经验与间接经验的距离，他人的耳闻目睹无须通过语言的转述，便可直接展现在你的面前，让你觉得那完全是自己的耳闻目睹。尤其是3D技术的应用，更是让人觉得身临其境，常常无法自制地将真挚的情感投入虚幻的影像中去。博客、微博、微信与视频网站等"自媒体"软件的普及，加上电脑、手机、摄像机等设备可以随时随地与无线网络结合，使得世界正在变成一个巨大的电影院，我们每个人既是导演，又是观众。我们像导演剪辑那样，选择性地传送自己的讯息，又像观众那样，忘我地沉溺在对方的叙事逻辑之中。英国的系列电视剧《黑镜》就是敏锐地抓住了这种科技带给人类的新困境，以"黑色的镜头"这个精准的隐喻形式，深度呈现了当"看与被看"变成一种无处不在的社会结构时，人类社会（包括人性）将会发生怎样的巨大变化。《黑镜》给我的触动是刺骨的，它让我忽然间领悟到，正是在这种人类快要迷失自我的历史时刻，文学最本质的一面凸显出来了——文学作品永远是一种关乎存在的深度体验的容器。

鲁迅先生曾说文学的起源是先民们"心志郁于内，则任情而歌呼；天地变于外，则只畏以颂祝"，其实今天的我们又何尝不是如此！这种表达自我的本能欲求，在被严密组织的现代社会中不断被权力的意志所压抑，这种压抑实际上造就着更大的表达欲望。我们从未像今天这样听到这么密集的话语，但这些话语几乎都是单向度的。它们指涉我们的身体与精神，却并不在意我们的表情与反馈，就像我们天天坐在电视机前看着别人的生活，却对自己的生活无能为力。人的存在感依赖于精神之间对话、交流的呵护，当心灵的内部被外部泛滥肤浅的言辞占据之后，生命的危机便出现了。那么，只有文学，它提供的话语既可以是柔软的抚慰，又可以是深思的哲理；既可以是决绝的宣告，又可以是犹疑的对话。而在它的这一切品质当中，关键是它一如既往地承认世界与人生当中那些晦暗不明的部分。那是被分门别类的现代学科剔除掉的部分，那宛若游魂的部分却牢牢关切着我们生与死的全部细节，这就是关乎存在的深度体验。

文学的本质之一，便是它对于世界本身的持续命名。人类其他类型的知识总是希望和世界之间有着稳固的假设、概念与解释，但文学是对处境的鲜活映照，是属于心灵的特殊知识。它追求的是鲜活与流动，所有概念化的僵死之物都是它的敌人。因此，好的文学既可以囊括技术带来的求新求变的那一面，也可以将这些新与变引领向那些古老而恒定的精神事物。关乎存在的"深度体验"正是在文学精神的烛照之下，让我们即使与他人耳闻目睹了同样的事物，我们的心灵体验也不会相同。这种不同正是个体得以保全自我的唯一途径。好的作家就是在竭尽一生去寻找这种"不同"，并让别人相信总有"不同"的存在，救赎的可能性就在那样的"不同"当中。是的，这种"不同"就是心灵的自由，就是人类最根本的自由。

德里达有一个观点，他说文学就是一种允许人们以任何方式讲述任何事情的建制。我觉得他这句话说得很狂妄，却也说出了文学那种可以在无限边界之外游弋嬉戏的大自由。文学作为其他艺术形式的母体，它的自由精神带来的宽度与广度，决定了整个艺术乃至文化所能抵达的高度。以上文提到的电影《黑客帝国》为例，它主要的灵感就来自一部经典的科幻小说《神经漫游者》。实际上，大多数拥有极大影响力的影视、戏剧作品背后，都能找到非常优秀的文学作品原著，而且，改编最成功的那些作品，都在于很好地承继了原著当中的文学精神，也即是那种基于良好人性与深度体验的自由想象。

我们得牢记海德格尔的那句话：语言是存在的家。正如伽达默尔进一步阐释的那样：语言，便是可理解的那部分存在。这让我们可以进一步看到语言与存在的那种密切关系。在我看来，文学语言的最美形式是诗，最高形式是叙事。因为语言无法远离具体的历史与经验，只有通过叙事，语言才能将日常生活那庞杂无序的印象有意义地编织在一起。诗与叙事不是对应于诗歌与小说这样的具体文体，而是作为一种基本的文学语言形式，综合体现在各种文体当中。

文学的叙事是最难被技术驯服的，它源于人与物的本质不同，它坚信灵魂的存在与崇高，是灵魂最为隐秘的细腻言说，是具备史学品格的雄辩自证。今天已经很少有人还觉得文学只能描述（再现）现实了，尤其是只能描述某一种"给定的现实"。我相信文学的能量几乎是无限的，它当然可以创造现实，而这种"创造"涉及的是我们对于何为真实、何为本质的深刻理解。在这个让我们惶恐迷茫的技术化时代，究竟何为真实、何为本质，会有伟大的文学作品说出它的判断与思想。

科幻的人

在我个人看来，智能手机的出现，一定是人类经验史上的一个重要节点。在此之前，人与物的关系，基本上完全符合人类的日常经验。人总是需要动用身体的力量去施加给具体的事物，即便面对庞大轰鸣的各类机器，渺小的人也掌握着一系列形态各异的开关，有按键式的、拨动式的、转盘式的、旋钮式的等等，借助于这些具体可见的开关，人与机器之间保持着一种传统的交互关系，那就是力的推动关系。手机刚刚出现的时候，虽然带有一个小屏幕，但按键依然是机械的，我们按下数字键，屏幕上便显示出电话号码，这和传统的人机交互并无不同，依然是力的推动。但是，智能手机的全球应用，已经改变了这种人与物之间的关系。先不说面部识别、指纹识别、虹膜识别这些不用接触的交互关系，只是回味一下指头与屏幕之间的碰触，就会产生一种浓烈的科幻色彩。那是与日常生活完全无关的一种奇妙体验,一种将人代入虚拟时空的神秘联系。

智能手机的触摸屏与身体的关系变得越来越亲密。早期的触摸屏还十分僵硬,需要手指使劲按压,有时甚至要借助于指甲的坚硬力度,但如今恰恰相反,智能屏幕在指甲这类硬物的触碰下显得非常不合作,它需要的是你饱满而温润的皮肤与之接触,就像人与人之间的关系一般,必须用抚摸的好感去赢得回应。在指尖的轻抚中,各种软件打开了关闭了,图片被拉伸了压扁了,甚至用力划一道线,屏幕就被分成了两个区域,可以同步从事不同的程序。这分明是20世纪某部科幻电影的场景。至于视频电话、实时语音文字转换,更是将我们原本无法把握的时空进行了切割和传输。时空感是人对于世界的最基本的感受,时空如此变幻,人的感受岂能不变?

实际上,面对今天的"科幻"现实,我们每个人的头脑中都安装着一个科幻的乌托邦,我们说着玄而又玄的科学知识,从纳米到黑洞,从中微子到宇宙膨胀,从量子计算机到平行世界,我们越来越成为科幻的人,而且这种趋势会越来越加剧。因为分工越来越细致,行业之间的隔阂越来越大,而在应用上又更加注重简单原则,就像大多数人都不知道智能手机的各项原理,但并不妨碍其使用。

因此,我将智能手机的屏幕视为步入"准未来时代"的一扇大门。正是从这里开始，未来不再是虚无缥缈的幻想，我们的现实必须将未来纳入在内。未来并非提前抵达，未来永远只是未来，悬在那永不抵达的明天；但是，现实越来越快地被未来所塑造，关于未来的想象、概念、揣测影响着今天的认知与行动，今天的认知和行动愈加成功，未来也被证明为愈加正确。在这种复杂的缠绕中，我们看到的是"现在"与"未来"的距离在不断缩短。

谈论未来，不由让我想到"未来主义"文学，那是1909年，意大利诗人马里内蒂在法国《费加罗报》发表《未来主义宣言》，号召全面反对传统，颂扬机器、技术、速度、暴力和竞争。一百多年过去了，我们置身于这份宣言的未来之中，似乎对它并没有太多的共鸣。机器、技术、速度，已经成为一种常态，今天哪个作家还疯狂地赞美这些东西，一定会被视为异类。今天的文学依然热衷于谈论"现实"，试图找到那个生活中的坚实内核。甚至很多时候，我们越是感到无根漂泊，越是渴望拥有一个家园般的"现实"。

"现实主义"作为小说的钢铁律令，让小说这个虚空之物，要附着在给定的现实中。即使这个现实没有给出充分的定义，但依然是不言自明的，类似一个族群共同讲述一种语言，是约定俗成的。作家的小说是否符合我们对于那种现实的"感觉"，成了艺术的尺度。站在今天的立场回望过去，我们所感到的不仅是那种艺术尺度的不可置疑性，还有更加震撼的发现：在那种艺术尺度下的文学之艺术，何尝不是反过来建构了我们对于"现实"的感觉与理解？那样的现实和那样的文学，或是那样的文学和那样的现实，几乎没有丝毫缝隙，水乳交融。作家在其中所历练的，正如一个四处漂泊的水手，将经验加工成故事。随着科技的发达，人人都能获得（间接或直接）水手的经验时，该如何讲述故事？讲述网上最流行的笑话和段子，是为了让听者迅速记起并说出下半段？

在现实和文学之间出现了罅隙，这不仅是作家的噩梦，也是现代人的精神噩梦。在卡夫卡那里，我们感受到了那样的噩梦。"现实"在各种学科视野的审视辨析下，成了各种各样的存在物，是经济理性人，还是弗洛伊德的性人？我不知道。我只知道，文学作为隐喻，卡夫卡的"城堡"要比艾略特的"荒原"更加贴合现代社会。如果说"荒原"预示着战争与精神世界的双重废墟，那么"城堡"则是现代社会的一种常态，人无法再从国家、社会和集体中获得真正的安放。也许，人类对现实的认识，自始至终都是一种虚构，但进入现代，现实的虚构性已经弥散开来，逐渐成为一种常识。从神学到形而上学的终结，人类越来越正视自身的有限性。科学技术推波助澜，直至起到关键作用。量子力学的诞生，刷新了人类对于物质世界的理解：物质皆因能量的波动而生，微观世界充满了不确定性，这让正在努力建构"大统一场论"的爱因斯坦困惑不已，他不相信世界的根基会是这般虚妄，他发出了著名的感叹："上帝不是在掷骰子！"但似乎上帝真的是在掷骰子。或者不妨说，上帝是以这种方式，让我们意识到，我们对于世界的探索和理解，在根源上是受制于我们自身的，因为世界的这一切都是我们观测的结果。既然如此，结果怎么能与观测者无关？

这究竟是再次巩固了人的主体地位，还是让人显得更加渺小？

和文艺复兴时代相比，我们可以发现，21世纪的科学成就再伟大，但对于人之为人本身来说，几乎没有任何喜悦。尤其是20世纪的战争与相互残杀，现代文明摇摇欲坠，人类差点终结了自己，信心从何而来？于是，人渴望找回更高的召唤。与神的玄虚赐予不同，科学技术越来越有求必应，因而逐渐具备了神的位格。人摧毁了精神的神，却又建造了物质的神。可问题在于，科学技术究竟是什么？只是人类知识谱系上耀眼的部分吗？还是人类创造力的附属品？

当人类把极大的热情投注在人工智能领域的时候，其实已经在做着神的创世工作。如果人工智能获得跟人一样的意识，会把人类当神那样来崇拜吗？美国导演斯科特的电影《普罗米修斯》给出的答案，似乎令人悲观：人在外星球上找到了创造人的"神"，电影中称之为"工程师"，这种身材高大的"工程师"看到自己的造物——人类，却感到很生气，要用异形毁灭掉人类；而人类创造出的生化人，对人这样一种怯懦、脆弱，有限的生物感到的也并不是崇拜，而是鄙视和厌弃。这让我不禁想起了米兰·昆德拉的小说《玩笑》："受到乌托邦声音的诱惑，他们拼命挤进天堂的大门，但当大门在身后砰然关上时，他们发现自己是在地狱里。"

是的，除了科幻小说，还有和乌托邦关系更加密切的文学形式吗？德国哲学家恩斯特·布洛赫说："我们的时代可能已经创造出了一种乌托邦的'升级版'，只是它不再被叫作乌托邦，而是被称为'科幻小说'。"科幻小说曾经表达了对人类未来的美好想象，但在《一九八四》《我们》《美丽新世界》这样的科幻小说中，却表达了对那种秩序井然的理想世界的质疑与反思。因此，科幻小说已经不再仅仅是关于某项科技发明的预测了，它本身暗含着乌托邦的文化结构——无论正与反。它以最大的程度向未来的经验敞开，包含的却是历史行进到此刻所无法化解的焦虑、痛苦与渴望。还无法肯定地说，科幻叙事作为乌托邦已经取代了形而上学的位置，但至少，这两者的确有相似之处。那个秩序井然的科幻乌托邦难免不是形而上学的投影，而那个令人窒息的"美丽新世界"也来自当时的价值和省思。我们以这样的眼光来看郝景芳的科幻小说《北京折叠》，它所"折叠"的意蕴就要丰厚得多。

这个时代，过去、现在与未来是如此亲密地折叠在一起，现实与虚拟也纠缠在一起，这与科幻小说的时空设置如出一辙。也正因为如此，科幻小说冲破"类型"的藩篱，成为当代文学照亮现实的新引擎，有着内在的必然性。总是有人用流行的"玄幻小说"来比附科幻小说，的确，科幻小说中究竟有多少属于科学的成分，又有多少属于幻想的成分，这是说不清楚的，但我觉得这种比附依然不成立，而且恰恰成了一种提醒：对于今天来说，科幻小说中最重要的已经不是外在的幻想外壳，而是借助科学知识，推演一种思想的实验，探寻一种关于科学及其应用的伦理，创造一种出自科学精神又落脚在人文情怀上的世界观。也就是说，在这个由科技主导的世界上，科幻叙事用理性拓展着虚构的可能性，从而成为一种在浩瀚星空中发现、探测和认领我们自己的艺术。

未来诗学的三组关系

科技将词

变成了物质

就像写作把物质

变成了精神

    ——题记

  如果在今天提及"未来诗学",我想千万不要误解是关于未来的,而一定是关于现在的。吉布森的那句话需要重温:"未来已来,只是尚未均匀分布。"但即便这句话,也是需要修正的。即便那个"未来"已经开始大面积"均匀分布",但置身其中的人因为温水煮青蛙,变得习焉不察。当然,其中隐秘而关键的一点是,科技把复杂的运行部分隐藏起来了,与人交互的部分变得越来越人性化,我们反而忽略了科技的侵入，以为那是一种更加自然的方式。这是我们时代最大的障眼法。

在这里，我先简单说三点关于元宇宙的看法，作为"未来诗学"的基本铺垫。因为吉布森意义上的"未来"就是"元宇宙"，他的《神经漫游者》就是在准元宇宙中进行漫游的。

首先，决定元宇宙形态的根本是人工智能技术（AI）。也许元宇宙的终极形态是AI的意识觉醒，人类成为一个更大生命的细胞。其次，元宇宙的建造者中有三种职业值得关注：第一种当然是工程师，包括硬件和软件的工程师；第二种是设计师，尤其是空间视觉设计师；第三种是艺术家，也包括作家。元宇宙的本质其实是虚构，所以小说作为虚构的叙事，在其中会起到很关键的作用。没有叙事，元宇宙只是个空空荡荡的虚拟空间，所有的一切都需要叙事将其联系、整合和建构，叙事将是元宇宙的世界观。

还有一点我想专门列出，那就是在元宇宙中，虚构的人将正式成为人类的一部分。我们知道，克隆人并不稀奇了，虽然因为伦理困境世上还没有克隆人，但是这个技术是人类已经掌握的。克隆人只是用非生殖细胞进行繁殖，这个人依然是一个生物学的人。而在元宇宙当中竟然出现了虚构的人，其本质上只是一个拟人程序。在元宇宙当中，我们无法分辨它究竟是程序还是一个人，我们只能是把它当成人。它甚至不需要获得意识，就成为社会关系的一部分。它参与了社会建构，于是，它便是人类社会的一部分。所以，人类的疆域将会扩大，从生命世界向非生命世界扩大，甚至向虚构的世界扩大。这是让我一直暗自惊奇的地方。

下面再来具体论述"未来诗学"的三组关系。这三组并非什么定论，只是我个人比较关切的三个方面。

自然现实、文化现实与科技现实

如何理解现实，如何表达现实，如何呈现现实，是艺术的核心问题。但现实在今天不是自明的，而是需要思辨的。在今天，现实大致可分成三个层面：自然现实、文化现实与科技现实。

自然现实是很好理解的。请想象如下场景：在人类出现之前，在人类的探索所能抵达的范围之外，在人类灭亡之后，这些都是我们称作客观世界的现实。自然现实的可怕之处在于我们永远也不能完全认识它，甚至在我们的认知范围之内，我们自以为了解的自然现实，实际上也是充满了误解。这是一个浩大的存在，但它对我们是特别必要的，因为它是人类文明出现的根本前提，是人类文明的终极参照系。

我们在建构新文明的时候，首先要面对的便是最残酷的自然现实。刘慈欣就提到过在人类面临着生死存亡的当口，很多道德伦理就会被击碎。很多科幻作品都有这种体现。比如科幻短篇小说《冷酷的等式》（美国作家汤姆·葛德温）中，一个小女孩想去另一个星球找她的哥哥，便藏到了一艘急遣船当中，飞船飞到中途的时候，驾驶员才发现了女孩的存在。飞船的载重都是严格固定的，不容有一点变化，否则将机毁人亡。根据法律，在飞船上发现偷渡客必须"立即予以抛出"。小女孩很可爱，很单纯，主观上并不想犯错，小说书写的就是这个可怕而无解的困境，驾驶员非常痛苦，但最终，小女孩还是不得不被抛到荒寒黑暗的宇宙中。这个小说给人的震撼是很大的，它就是让我们直面严酷无情的自然现实。

第二个现实是文化现实。从身体运动的角度来说，人类在所有的动物当中是非常弱势的，没有尖牙利齿，也跑不快，更没有海豚或蝙蝠那样的特异功能，但人类拥有集体的智慧，最终以文化的方式，创建了辉煌的文明。文化现实基本上可以等同于人类文明。文学史上的绝大部分作品所面对和书写的都是这个文化现实。这个文化现实持续了相当长的时间，从文学的源头——无论是屈原或荷马——一直到19世纪上半叶，都处于一个相对稳定的状态。屈原或荷马若能读到后世的作品，都是毫无障碍的。但是，读到19世纪下半叶至今的小说，问题就越来越多了，比如电话是什么东西？核能？登月？更别说如今的网络技术了。

因此，科技现实虽然隶属于文化现实，但需要被凸显出来，得到格外的关注与理解。19世纪上半叶到21世纪初，这是科技现实的初级阶段。电话、电报改变了人类的联系方式，飞机导弹改变了人类的战争方式，但人们触手可及的日常生活还是跟过去保持着稳定的联系，日子该怎么过还是怎么过。日常现实是最难改变的，是我们人性赖以保全的最后一块土壤。但自21世纪初开始，科技的触角尤其是网络技术全面侵入日常生活中，我们置身于科技现实的结构内部了。

　　科学技术改变了人类的日常生活，这是革命性的改变。现在的现实不仅是立体的，而且是纽结的。现在如果让大家聊聊自己定义的现实，十有八九都不一样。我们对现实，甚至对生活的理解都变得缺乏共识。现实逐渐成为一种个人化的体验。这对作家来说是一种挑战，如果作家对于现实还停留在过去那种刻板的印象上，可能是不负责任的，这也是文学内在的要求——洞见我们的时代。

　　哲学家海德格尔很早就指出科技把人类从自然界当中给"架"起来了。以前发现一个煤矿，燃烧取暖就可以了，但在科技、市场的作用下，煤便进入极其复杂的流动循环中：发现煤矿、开采煤矿、冶炼煤矿、发电、加工成各类化学品……再进入下一轮生产循环的环节。今天这种局面其实是愈加为甚，我们已被这种科技现实给框定了。

　　元宇宙便是这种科技现实的极端情况。在技术发展到特别高的水平之后，我们支撑起了一个极端脱离自然现实的人类虚拟现实。虚拟现实是科技现实的极端产物之一，将成为下一阶段人类文明的重要形态。斯皮尔伯格的电影《头号玩家》里，未来人类没有生活在高大上的高科技大厦，而是住在特别破烂的棚户区，但人们并不沮丧，因为住在什么样的地方都没关系，人们穿戴设备后，立马就进到炫酷的游戏空间里。这是一个极为鲜明的隐喻，自然现实、文化现实跟科技现实，在这里分裂到了极点。我们如果完全沉溺于科技现实，忘记了文化现实的维度，更忘记了自然现实的维度，人类文明可能会产生某种危机。

本人的小说集《野未来》，就是试图用"野"字来传达那种让我欲说还休的感觉。它既是野蛮的，不容抗拒；又是荒草丛生的，包含着种种可能性，有着野草般的生命力；还有可能它是荒凉的、贫乏的、一无所有的。但它是无法摆脱的，因为关于未来的观念，已牢牢控制着我们今天的生产、生活以及历史走向，它是不同国度、族群唯一公认而合法的思想观念。

过去，我们更加强调古典的价值和秩序，但是在今天，即便"古典"也需要被"未来"所浸染，变成"古典朋克"。古典也成了在未来镜像中重新诞生的东西。这是一种缠绕的辩证法，是"近未来"的主要逻辑，文学不可能对这样的逻辑视而不见。

通过对这三个层面现实的辨析，才能以艺术的方式对它们进行整体性把握，才能对整个历史的走向，乃至文明的前景有更加深度的认识。

科幻与荒诞

科幻与荒诞的关系，是近年来让我深思的一组关系。

荒诞，众所周知，这是现代主义文艺哲学的一个核心观念，尤其是对存在主义来说，这是一个关键词，是现代人彻底从形而上学秩序中跌落出来的一种基本感受。荒诞并不是怪诞，怪诞是在恒定的坐标系中观察到的异常情况，而荒诞则是这个恒定的坐标系开始散架解体了，人的感受还不足以去理解世界的新变化，因此我们对世界的种种都产生了极为不适的感觉。

但是，感觉本身忽然可以被创造出来了。

从前，人类身体和自身感觉分开是不可想象的事情，但现在有了VR技术，加之即将出现的触觉传感器，人类创造了感觉本身。

还有另一项技术，AR（增强现实技术）能够将虚拟现实跟日常生活天衣无缝地嫁接在一起。以后我们再也不能说"所见非虚"了，以后我们可能"所见皆虚"。

人跟环境的关系发生了深刻的改变，如何定义真实和虚假变成了难题。

在科技进一步发展之后，到了今天，我们所有的人其实都从"荒诞的人"进一步变成了"科幻的人"。

这是科技大规模进驻日常生活的时代。每个人都谈论着真真假假的科学知识，可有几个人懂得智能手机的运作原理？人们不需要去懂，因为这并不妨碍对手机的使用。甚至，手机跟其他的电子产品，都在努力让人们的操作越来越简单，最好是"傻瓜式操作"。正如前文所说，科技运作的暗核被越来越华丽、越来越自然的外表包裹起来了。那么，反过来说，便有一个科技的黑暗区域，是我们越来越没有能力够到的。

就大众文化的层面而言，那个黑暗的区域，只有科幻能够触及。科幻用科技作为叙事基础，它必须打开那些黑暗的区域，甚至想象和呈现出更多黑暗的区域。所以，在今天，科幻叙事变得非常重要。

那么，当现代主义的"荒诞"跟"科幻"并置在一起，奇妙的情况发生了。它们之间有了一种深刻的价值转移，这种价值转移就像曾经人文主义取代了神学——后人类将取代人类中心主义。

我们其实并未走出现代主义的荒诞，荒诞实际上变得更加无所不在，但荒诞在科技的作用下，变成了部分的真实。科幻本身难道不是荒诞的吗？但科幻的荒诞有着科学外衣的解释，仿佛便不再是荒诞的，这自然也是种幻觉。从创作的角度来说，这不断加深的荒诞会赋予科幻叙事以更加深邃的哲学意义，而科幻叙事会赋予荒诞一种我们这个时代独有的现实感。

我一直想写一部小说：科幻版的《城堡》。卡夫卡的《城堡》是现代主义文学的奠基之作，写了一座进不去的城堡，我经常设想，我能否在小说中设计一座由科幻支撑的城堡？当元宇宙这个概念出现的时候，我第一反应就是：元宇宙分明就是未来版的《城堡》。元宇宙跟卡夫卡笔下的城堡之间难道没有一种象征意义上的联系吗？我想，那是毋庸置疑的。

科幻小说与现代主义文学，就此没有了边界。

生命与身体

生命与身体，肯定是我们最重要的一种关系了。身体和生命是我们存活的根基。在很多的情况下，我们其实并不在意或说并没有严格区分生命跟身体的关系。生命可以视为一种关于活着的观念，一种根本性的观念，这个观念是非常强烈的，因为人首先是一种观念性的动物，它跟其他无明的动物不一样。而身体，当然便是血肉之躯，它是一个完整的存在，不是仅有大脑或是心脏或是四肢，而是一个完整的身体，因为科技高度发展后，很多器官是可以用人造机器替换的。纵观人类历史，会发现这两者的关系变化反映着人类文明最根本的变化。

在古代的时候，生命是大于身体的。

从"舍生取义""奋不顾身"这些成语，就可以一目了然。春秋战国时的刺客，为了实现生命的价值，很轻松地就把身体给献祭出去了。这时候对应的文学经典，中国有《离骚》，西方有《荷马史诗》。《离骚》的作者屈原显然是一个英雄式的人物，他的政治理想不能实现，他就投江而死。《荷马史诗》里的人物都是神一样的存在，高大伟岸，为了荣誉轻松赴死。身体不那么重要，可以为了更高的思想原则而舍弃，从而成就生命在文化上的终极意义。

到了现代，生命开始等于身体。

西方经过启蒙运动的祛魅之后，给予了曾经备受压抑的身体极大尊重，身体的感官体验甚至成了现代文化的基础。在陀思妥耶夫斯基《罪与罚》里面，拉斯科尔尼科夫觉得既然上帝不存在，他就可以为所欲为了，他拿起斧头，劈死了女房东，这就是对生命的蔑视。生命等于身体，而这个身体不再有神圣，是可以被随意杀戮的，跟杀戮动物没有区别。在中国，情况还有些不一样，举个例子，在余华《活着》《许三观卖血记》等作品中，人是一种苦难历史的幸存者形象。在中国的文化中，历史是一个非常崇高的概念，它甚至就是中国人的神学。但历史的原有价值崩塌了，历史进程又如此苦难，作为个体能够活下来已经是全部的胜利。在《许三观卖血记》当中，许三观吃不饱肚子，只能出卖自己的血液才能买来食物，然后让自己的身体活下去，这是一个特别诡异的循环。里面的隐喻可以解读很多，但在这种文化叙事中，生命已经等同于身体。

今天，在元宇宙到来的历史前夕，我们先是经历了互联网的时代，然后经历了移动互联的时代，再加上新冠疫情的推波助澜，人类在现实层面的信息正加速向虚拟世界转移，我们突然发现，生命小于身体了。

生命本身的概念和价值好像变得更小了，生命变成了一个终端。在元宇宙当中，生命甚至只是一个程序了。

另外，身体"变大"了。身体是可以替换的血肉之躯，它可以不再局限于血肉本身，它可以变成是钢铁的，可以变成更加坚固的材料，甚至可以废弃。更进一步，我们戴上VR等穿戴装备，身体基本上闲置在一个地方，我们灵魂出窍，操控一个更大的电子身体。在这个意义上，我们的"身体"变得很大，身体（肉身）成了一个中介，让我们的意识接通了一个大系统，而这个大系统相当于一个大身体。

科幻作家陈楸帆的短篇小说《神圣车手》给我留下很深的印象：一个车手远程驾驶在危险区域行驶的车辆，拯救不同的人，这完完全全是灵魂出窍。里边的妙处在于，车手一开始以为是游戏，后来才知道是真实情况。因为后者会让车手产生极大的紧张，反而发挥不好。当车手在另一个世界受伤，这边真实的身体也会产生相应的伤痛。所以，小说一方面为我们呈现灵魂跟身体的极端分离情况，另一方面却又强调和肯定灵魂跟身体这种无法分割的联系，这是意味深长的。

生命与身体的观念变化，对于我们的写作构成了一种提醒，因为写作必须直面和表达存在的终极意义，而生命也好，身体也罢，都是存在的核心。人为何而存在？这个问题改变了人的生命，也改变了人的身体。

结语

技术通向的未来，是悲观还是乐观？对于一个小说家来说这个问题是难以回答的。因为小说是暧昧的，不是泾渭分明的，就像果戈理的小说，我们会说它是笑中含泪的，那这是哭还是笑呢？

不想给出清晰的判断，但并不代表小说家没有判断，他有自己的倾向性，通过小说的艺术最大程度还原事物本身，让读者去感觉到悲剧中的喜剧力量，喜剧中的悲剧力量，这也是人类精神的丰富之处和伟大之处。信息化时代我们往往渴望一些简单的答案，人们不再有耐心琢磨深邃的存在问题，但小说家不是这样的，他反而要保持住那种混沌。

就是在这种历史的混沌中，人类文明的一切都在向虚拟现实的层面进行复制或转移。今后，很多人文社科的研究，也要越来越借助大数据的支持；而有些结论的产生，不是来自研究者，而是来源于AI。所以，不要再说文学衰败了，又何止是文学呢？几乎全部的文化都在衰败。衰败的根源是什么？就是那些人文话语对这个碎片化的、虚实相间的处在转型期的复杂世界，解释力度不够。

索尔仁尼琴说："考古学者迄今未发现在人类生存的哪一阶段没有艺术的存在，即使在人类黎明期前之半蒙昧状态，我们便已自冥冥中的双手接过这项赐予。不幸的是我们却不曾问过：为什么要我们拥有这份才艺，我们该怎么去使用它？"这句话如此激励着我，让我坚信小说的艺术不会终结。小说家们不断地寻找着新话语、新结构，来应对这次人类历史上前所未有的大转型。我在《野未来》的后记《从文化诗学到未来诗学》里写道："21世纪，技术占据绝对统治地位的时代开始了，我们的希望与绝望都注定要在技术营造的拟象当中迷失掉。而伟大的作家就是要把人类心灵的敏感与丰富，从这样的迷境中拯救出来。"而提出基本性的问题和观念，无论如何都是要先做的。

"元宇宙"与未来文化

我们究竟是在走向他者
还是在将他者转化成自己？

——题记

一、"元宇宙"与虚构的人

"元宇宙"这个概念最近大火，这个概念的核心技术是人工智能，那么，让我们单刀直入地提出问题：人工智能在大数据训练的过程中，有可能习得我们人类最重要的特征——情感吗？这就要看如何定义情感。人工智能需要一个数据库，我们人类数据库里面本身就包含了很多有偏见、歧视的东西，那么人工智能自然就会带有这样的偏见，因此人工智能对情感的判断跟它被提供的数据库有关系。在美国，科学家就调查过，人工智能也会有种族歧视，因为你给它的数据里面含有这样的东西，所以它也会表现出这样的倾向性。所以我们对人工智能需要警惕的一点就是，它并非理论上那样完美，那样客观，价值中立。我们不能寄希望于人工智能，觉得它会拥有完美的情感模式。它会习得人类情感的表现方式，跟人类交往过程中甚至可以以假乱真，但在很漫长的时间里，它不会理解情感本身。

也有人认为，人工智能有可能在人类提供的信息基础上进行自我学习，习得人类所没有的智力或情感。这种可能性自然存在，但我觉得最好把它理解为一种理论假设。因为人工智能这个话题特别复杂，它跟生命的本质相关。人工智能涉及一个最重要的哲学问题：生命是什么？你如何理解生命？这跟如何来定义人工智能是同一个问题。

当下的科技乐观主义者认为科技能解决一切，其实并不是这样的，光靠科技不能解决问题，今天还迫切需要解决的问题是：生命是什么？生命的伦理是什么？这个问题非常重要，只有对此有一个更好的理解，才能把一些设定放到人工智能里面，才能引导它更好地发展，不然很容易就会失去控制。

虽然我们知道科幻小说里面有一些设定，像阿西莫夫就有机器人三大定律，但那还是有些简单了。我们如何进行设定，意味着我们如何看待自身，而这一直是最难回答的。从古希腊开始，我们就开始追问我们是谁，今天这种追问依然如故。但毫无疑问的是，上千年的人类历史并未白费，我们从整体上还是变得更加文明与人道了。

人工智能跟人类一样，也有一个共同成长的过程。按照有些科学家预测的，如果人工智能突然获得了进化能力，就会在很短的时间内，从低于人类的智能，一下子远远超过人类，在超过之前的这段时间叫窗口期。人类如果错过这个窗口期，就会失去对人工智能的控制，而反被人工智能控制。这个窗口期很短暂，人工智能进化速度是很快的，一个人从小长到大花几十年时间，人工智能可能也就几个小时。在这个过程中，你很难知道人工智能是否具备了生命意识，像图灵测试，其实也没有那么靠谱。

人工智能习得人类的伦理是很简单的，但当它超越了人类的智力，它也许会重新质疑人类的伦理，毕竟伦理不仅仅是从逻辑出发，更多的是来自历史与文化的传统，以及相通的人性。

就目前来说，人工智能应该还没那么快超越人类，甚至还处在一个"低智"的阶段。但是随着人类不断把人工智能技术运用在实践当中，在这个过程中机器得到了更快的进化。我们使用它越多，它的能力越强大。这就涉及一个生命意识的问题，我们如何来理解意识？我觉得这是所有科学里面最难的一个点，就是生命是如何起源的，如何从物质世界突然飞跃到精神世界，这是一个我们目前难以理解的鸿沟。

有的物理学家可能会从信息的角度去理解生命。一个信息处理系统，可能就是意识的起源。当它足够复杂的时候，处理信息足够多的时候，也许就会自然而然地产生意识或者说超人工智能。如果是这样的话，意识的本质依然不能被我们所理解。

现在的日常生活中已经有了很多人工智能应用的场景：比如人们都可以跟手机对话，Siri已经相当普遍了；再比如"天眼计划"，这个世界密布摄像头，人工智能要处理这些视频信息。一个罪犯，如何抓到他？可以通过人脸识别技术。比人脸识别更升级的是，现在的技术已经能分辨每个人走路的不同姿态。通过这些，它可以迅速地从视频信息系统里面找到罪犯。这些已经表明，我们已经生活在曾经畅想的"科幻世界"入口处了。

之所以首先谈论人工智能技术，是因为假若这项技术取得了跨越性的发展，比如人工智能获得了超能力，那么"元宇宙"的问题就成了"谁之宇宙"的问题。但如果人工智能技术一直处于低智状态，元宇宙的规模与深度也会很有限，只会变成一个大型的虚拟游乐场罢了。因此，最有意思的就是人工智能的程度会决定元宇宙的形态。人工智能只要在目前的基础上再进几步，我们便没法在元宇宙当中分辨出所面对的身份是人类还是程序。在元宇宙中，虚构的人将正式成为人类的一部分。

二、"元宇宙"的生物学特征

既然人工智能技术是元宇宙的基础，那么注定了元宇宙具有人类生物学的特征。如果说在网络时代，人被视为其中的一个终端，而人的生物学部分并未接入系统当中，那么，在元宇宙中，人的生物学身体也会被逐渐打开，被改造为一个可以接通的电子部件与程序的混合物，而且元宇宙将会是一个模仿人体功能的拟态系统，用不同的软硬件对应人类的各种器官的功能。

正如人类大脑要处理的信息有80%都来自视觉，元宇宙也是一样。遍布空间的摄像头就相当于人类的视觉器官，每天都诞生了大量的视频信息。如果我们要深入思考元宇宙，首先就要深入思考遍布地球表面的摄像头对于人类来说究竟意味着什么。摄像头不仅仅可以传递主体想要传递的那部分内容，更多的摄像头其实面对的是人类无意识或者说非人的空间与场景。摄像头技术及其信息存储技术让人类实现了对时空流动性的精确复制。

因此我在自己的作品里边比较多写到摄像头，写到这种人或非人的窥视，就是用小说的方式来厘清我自己的困惑。摄像头虽然是机器的形态，但我们出现在摄像头视野中的时候，并不知道这背后有没有人看我们，摄像头记录下来了，可能以后会有人看，可能永远也不会有人看到。也就是说，你不知道现在有没有人在看，但你还是会觉得很奇怪，你感觉到了一种目光，有一种被窥视的感觉。这对于人的存在有一种很深的改变。因为人的存在是很自由的，当你不断地被窥视的时候，这种目光就变成一种权力，一种微观权力，它会让你不舒服，会改变你的某种东西。有些人不在乎、无所谓或者会采取反抗的态度，但大部分人还是会在镜头底下收敛，感到不自然，有些人干脆有了一种表演人格。其实，今天的人多多少少都有一种表演人格，但是没办法，因为大家都在这种监控之下。包括作家，写本书出版就好，本来就是不用亮相的，像钱锺书都说吃鸡蛋就行了，没必要知道生蛋的鸡长什么样。但今天，出一本书，作家就必须亮相，还要拍视频。面对面见读者跟拍视频（包括直播）是很不一样的。视频会成为一种超越时空的物证，让作家的即兴表达受到束缚。交流是语境的产物，当时过境迁，有些话很奇怪，很不合时宜，若是放在过去，也就自然消散了，但今后的作家将会永恒地面对视频的物证，已经无力辩解。在这个意义上，元宇宙是一个历史被锁定的封闭空间，只有获得最高的权力才可以修改它的局部，但随着区块链等技术的发展普及，这也将变得越来越难。

除了视觉技术之外，元宇宙中正在逐渐像人类的神经系统一般，获得自主的信息流动。众所周知，神经元细胞是人体神经系统最基本的结构和功能单位，我们通过神经元感受着这个世界。正如神经元一样，元宇宙的感知单位是"信息元"——这虽然是我的一个杜撰，但我觉得这个概念是有效的。信息元是一个相关信息的矩阵，就像我们向网络输入一个关键词，就会找出大量与之相关的信息一般。

网络世界已经成为一个信息"过剩"的世界。之所以说"过剩"是相对于网络出现前的古典世界，在那时，我们对于信息的甄别有着严苛的秩序、规则、标准，那些不重要的信息会被自然地流失掉；但是在网络的世界中，自然也包括未来的元宇宙中，所有的信息——包括不重要的过程信息、劣质信息、虚假信息等等，将会跟优良信息并存。元宇宙复制了世界极其芜杂的一面，但是又失去了生物大脑的遗忘能力。

我是作家，还是以写作为例。每年那么多书出来，如果不做一点宣传，就像没出版过一样，信息太多了。网络刚刚进入社会时，我们会说信息发达，不会错失一个好作家，因为大家都会把自己的作品公开出来，我们会看到一些风格另类的作家。但是在今天，信息太多了，每个单位、每个人都有公众号，信息简直像汪洋大海一样，人们的关注度是有限的，这就形成了另外一种淹没。

其实，读者很多阅读趣味也是被塑造出来的。人的主体性只是相对的，人所能接触到的东西总是有限的。有些作品传播的力度很大，读者自然就接触到了；宣传力度不大，读者当然就接触不到，这些作品就没有进入读者的视野范围里，自然就没有参与构建他的阅读趣味。所以在今天，人的自我教育、自我成长是特别重要的。即便读过大学，有了学历，还是要持续学习和更新，不仅仅是获得知识性的东西，更是要具备一种思想能力，要懂得甄别、选择信息，这种能力其实越来越重要。在古代，如果一个人说他把唐诗宋词都背过了，那就很厉害，但今天不需要这样，这些在网上都能找到，关键是你有没有独特而深刻的审美能力，你是否知道唐诗宋词好在哪里。审美的能力，判断的能力，思想的能力，阐述的能力，这些才是主体的真正的能力。

有人说，书籍这种载体好像很过时了，不都进入一个电子阅读的时代了吗，干吗看纸质书，那么重，那么笨拙？实际上，书籍不仅仅是笨拙的物质载体，它本身也是一种知识的结构，比如章节之间的起承转合，比如综论、阐述、结论，都必须在一个有限的空间里面来完成对一个话题的深度剖析，这是知识生产最重要的一种思维方式，跟网络时代不一样。网络是无限的，上面的信息是散的，我们现在需要把这种散的东西、无边无际的信息统摄起来，从而有新的发现。这种结构、编织的能力是很重要的。

在面对新领域之前，我们还是要回头多看书，看书才能获得看向未来的能力。这种能力不是天生的，一个经过多年学术训练的人会在专业领域有很大的提升。这种系统性的训练，会让人习得一种处理大容量信息的能力，如此，我们去面对那些无限量的信息，就有可能更好地进行结构性的深度思考。

而且，进一步说，在元宇宙中信息已经构成了"信息元"，它不再是静态的，而是变成了动态的、跟主体不断互动的交流模式。捕捉你的搜索或谈话关键词，给你推送广告，已经都算不上什么新鲜事。这就是所谓的"信息茧房"。信息茧房把你包围住，你只要偷懒，你就会陷入"信息元"的泥沼当中。所以，能够如愿获取信息的能力极为重要，这是突围和再生的能力。我们一定要从茧房里面突破出来，到一个更广阔的信息天地中去。

对此，我反而觉得我们无须惧怕，信息过剩也有乐观的一面：它毕竟让我们的选择更多了，让我们能够获取信息的渠道更多了。有些人有强大的检索能力，可以通过网络获得很多珍贵的信息，给出让人惊叹的分析。如果说以往利用好图书馆是一种很重要的能力，那么在今天，检索信息的能力已经变成了重中之重。

这种信息突围能力似乎是违背人性的，因为在网络的放松状态中，人们很难去选择自己不感兴趣的东西。但人还是要时不时冲出自己的舒适区，因为"信息元"正以精确的人性计算能力在跟你打交道，如果陷入其中，你丢失掉的恰恰就是你的人性。所以说，人不能纯粹地生活在虚拟的世界里面，人还是一定要有厚重的现实感，再绚烂的"信息元"在真正的现实面前，也是不堪一击的。

但"信息元"的大量聚集和综合，便构成了元宇宙的最重要特征：虚拟现实。这个就是我们接下来要讨论的话题。如果说摄像头和"信息元"等构成了元宇宙的外在器官和神经系统，那么虚拟现实则构成了元宇宙的千变万化的身体。

三、元宇宙的内空间：虚拟现实

很多人还是有一种思维定式，觉得现实生活就是现实生活，网络是数字化的工具，两者可以分得很清。但是随着互联网的发展，移动网络、智能手机的普及，现实跟虚拟的关系早已越来越失去了边界。我们通过手机来搜索并定位一家餐厅，然后用软件叫车抵达，用大众点评点餐，用支付宝买单，再用微信发朋友圈跟朋友推荐……这是一整个链条，现实跟线上是完全糅合在一起的，是难以分离的。

人类的现实不再拘泥于传统的时空结构，而变成了一种拓扑结构，一种非线性的复杂结构。我们曾经觉得人类的现实就是现实，它不是虚构的，但实际上人类的现实一直都有虚构的成分。就像钱币，古代就有钱币，那些东西完全靠想象力来虚构，我们用权力赋予它们意义。如今通过互联网，我们把这种想象力做到了极致。包括区块链技术，它就是在网络中建立了一种秩序，保障了记录的不可篡改。也就是说，互联网在慢慢变得规则化。在互联网草创的时候，人类就像是发现了一块新大陆，那是荒蛮的，无序生长的，似乎怎么做、做什么都行。但今天的互联网跟现实越来越紧密，也变成了现实的一部分，因此它必须变得有序化。一方面互联网的虚拟空间不断现实化，另一方面我们的现实又不断虚拟化，它们彼此影响和推动。

虚拟现实的系统化就带来了元宇宙。虚拟现实技术（VR）这种东西让你足不出户也好像能够前往另一个世界。斯皮尔伯格的电影《头号玩家》正是这方面的集中体现，玩家在虚拟世界里面获得了越来越逼真的体验，这种东西对人有一种致命的诱惑。因为我们的肉身永远是沉重的，会饿了、脏了、累了、困了，它是有一个极限的，但在虚拟世界里面你获得一个新的身体，这个虚拟的身体是没有极限的，它可以飞檐走壁、可以杀人越货，怎么样都行。生命的最大快感就是来自自由，你什么时候能获得大自由？就是你摆脱沉重肉身的时候。这原本是不可能的，但人类居然在虚拟世界里面实现了。

刘慈欣有部科幻短篇小说叫《时间移民》，里面写到了人类未来发展的几个阶段，他预测人类最后变成了一种纯意识的存在。其实元宇宙就是这种趋势，人类越来越变成一种意识化的存在，但这确实是有很多弊端的。人类毕竟是一种实体性的存在，如果天天沉溺于虚拟现实里面，等于说完全荒废了实体的层面，我们会彻底蒙蔽自己，我们会忘记自然的严苛。实体的层面是人类存在的基础，人类以后的发展是要走出地球，走向太阳系之外，进行宇宙尺度的文明发展，这不可能靠虚拟现实。我最担心的就是，虚拟"现实"会让人们觉得既然可以安全体验到种种奇迹，又何必冒着巨大的危险去付出呢？

有人一定会说：人类在虚拟世界中不能完成自身的进步吗？还必须跟此在的现实互动吗？我认为，人类在元宇宙中的进步是虚幻的，还是要跟现实互动，毕竟人类以及宇宙的存在根基都是现实的。我们的身体，我们的大脑，我们的意识，都是从这个现实当中诞生出来的，是与这个现实相匹配的。我们不可能放弃这个维度，完全沉浸在一个人造的虚拟世界里面，这等于说我们另外造了一个让我们更舒服的"现实"来欺骗自己。

从人类学的角度来说，虚拟现实是人类文化的一种最极限的体现。文化让人类创造了能够对抗自然的小环境，但这种人造环境也让人类慢慢开始远离大自然。人类文明的中心从乡村到城市，再到所谓的智慧城市，是不断远离大自然的过程。我们生活在城市中，基本上是由人类自己设计的东西在支撑着我们的生活，这会造成一种错觉，好像我们可以支配所有的事物，人造的鲜花，人造的花园，地下被掏空，火车可以通行，天空中有飞机越过无人的森林，但一场暴雨、一次瘟疫，就可以摧毁这种自信的幻象。人类所有的吃喝拉撒，都在遵循着自然界的规律。人类还是很脆弱，我们只是建立起了一个"文明堡垒"，然后在堡垒里发展，有了更多的掌控力，又创造出虚拟现实，这让我们跟自然的距离越来越远了。如果置身于元宇宙内部来观察，我们会发现，人类的文明变得越来越强大，个体的人变得越来越脆弱。但个体的人的活力与创造力，终究是文明的根基。

人类的文明是一种建构，一种创造，有很多精神的乃至虚构的成分，但是文明不可能完全脱离大自然而发展。当我们仰望星空的时候，才知道人类是多么渺小的一种生物，而当我们乘坐飞船离开地球的时候，又会为人类的创造力感到无比自豪。渺小与自豪，都离不开真实的世界，渺小与自豪本来是矛盾的，之所以不矛盾，只在于我们选择了不同尺度的客观参照系。如果我们真的完全沉浸在虚拟世界里面，在给自己定规则的时候，就失去了客观的参照系，就会忽视宇宙的严酷，以及人类所对应的位置。比如在虚拟现实里面，你可以用超越光速的方式穿越宇宙，但宇宙中光速最快的规律似乎没有改变。大自然的残酷在于它的律令永远都不以某种意志而改变。

从根本上说，虚拟现实是一个极端脆弱的环境，它缺乏恒定而阔大的根基。人类自己设定了虚拟现实，一定会出现很多没法理解的东西，很多无法弥补的漏洞，这对于人类现有的文化而言，也构成了一种挑战。有人聚集的地方就要有秩序，要不然你在虚拟世界里"杀"死了一个人，也即销毁了他的虚拟身份，到底是违法还是没违法？这里说的不仅仅是游戏，而是一种虚拟的社会空间，那么在未来肯定是违法的。再比方说，一个很小的孩子，对真实世界还没有深入理解的情况下，长时间处于虚拟现实里边，这一定会对他的身体和认知产生不可预料的负面影响。当他用虚拟世界里的那一套来应对真实世界的事情，将会产生怎样的灾难？

因此，虚拟现实空间也会逐渐完善规则，对虚拟现实的程度进行分级，从而对不同的人群实行准入制度。

四、元宇宙的脸：文学与人文艺术

前段时间，我跟广东的前辈作家刘斯奋老师聊天的时候，他问了我一个很难回答的问题。刘老师是茅盾文学奖作品《白门柳》的作者，有着很好的古典文化修养。他说唐诗有最伟大的两个主题在今天都不存在了。一个是人生的羁旅：古人要在路上走很久，抒发各种感慨，而现在乘坐高铁、飞机马上就到了，这个主题没了；另一个就是千里寄相思：古人思念一个人，是很难跨越时空阻隔的，可今天想见一个人，立马就可以视频通话，于是，这个主题也没了。抽掉这两个主题，唐诗得少一半魅力。

他问我，那今天的作家还能写什么？

确实，如他所说，有些文学主题确实失去了存在的根基，但他的问题很难回答。我说，我们其实也只能跟古人一样，写自己的生活。

我们当下的生活是泛科学的，科技就是我们现实的一部分。科幻类文学作品也肯定会越来越多，因为我们已经被卷入到这样一种环境当中。以前，科幻跟武侠小说一样，是个类型，只有一部分人喜欢，但今天，科幻就是我们的日常生活，每个人多多少少都生活在科幻想象的溶液里面。当下科技的发展给我们的生活带来了许多根本性的变化，一个作家应该如实把这些东西写出来，在这个过程中，我们才能跟唐代人一样，开辟我们自己时代的母题。这也是千载难逢的机遇，因为如果不是科技有了如此大的进步，直至20世纪末，唐诗都还依然保持着它的绝对性的审美地位，是无法超越的。当然，现在也不是去超越唐诗，而是另起一条道路了。

元宇宙带来了更加复杂的现实。虚拟现实、科技现实、文化现实、社会现实……究竟该怎么理解这个现实？你是哪一个层面的现实？这个现实有没有可能是折叠起来无法拆解的？所以，这是考验作家能力的时候。越来越年青一代的作家可能更具优势，他们一出生，就浸泡在电子文化中，他们的理解也会更代表未来文化的走向。不过，目前这方面的作品似乎还不多。这也不奇怪，跟现实的巨大变化相比，创作总是相对滞后的。创作不是新闻，而是需要用思想与情感去穿透那些表面的现象。

所以在今天，作家写作也更难，你对现实的思考会需要更多的洞察力。这跟历史上的作家面临的情况不一样，从巴尔扎克到福楼拜，他们的现实是稳定的，他们观察生活，把它写出来就好。而今天的科技内在于我们的日常生活，这个改变是很大的。人的存在本质是什么？是人跟自己所处环境的一个互动。日常生活被科技改变了，人的存在就被改变了。日常生活的差异，是人类历史上不同时代之间最重要的一个区别。

以前你听到火箭上天、潜艇下海，知道科技在进步，但跟你的日常生活没有那么深的关系，会觉得比较遥远。但今天，人工智能非要给你推送那些信息，把你困在一个信息茧房里面，它就改变了你的日常生活。本来我不想这样，你非要把我变成这样，我不想看抖音，你非要想办法用7秒钟的注意力算法，把我的注意力拽住。所以我们的存在被改变了，所有的作家、艺术家、哲学家都要关注到这个根本性的转变：存在的改变。

在改变中最重要的是要把握住不变的。文学是有一些永恒的母题的，比如生与死，善与恶。我觉得在虚拟现实时代，哪怕是在元宇宙里面，这些文学的根本母题也不会过时，这是人类生活最根本的支柱。然后，很多细枝末节的伦理道德问题肯定会冒出来，这也是有趣的。像很多科幻作品都会提问：假如一个人能选择自己的性别会怎么样？性别的变换在自然界都是存在的，像海蜇就是雌雄同体的，在虚拟现实中，人们也许会更自由、更深入地体验异性的感觉。在强调释放本能的虚拟世界，人类那些微妙的感触，我觉得可能会被开发得更多。

人类也在探寻生活的边界，人类的生活是丰富无穷的，这也是我觉得小说在未来还会继续存在的原因。因为小说能给人提供一种情感结构，没有那种情感结构的话，很多东西就散落成一地鸡毛。小说可以提供一种结构能力，把模糊的、未名的地方变成一种形式、一种力量，会生出一种动人的新东西，这对人类生活是相当重要的。

实际上，我认为小说就是人类最早的虚拟现实。人类学习文字，在大脑里面想象了一种虚拟现实，然后便获得很大的快乐，不亚于创世的快乐。文学作为传统的艺术形式与今天最先进的虚拟现实技术，都有着一个共同的人性基础。因此，今天的文学不是被边缘化了，而是文学的精神弥散开了，弥散在整个人类的生活空间里面。我们所有的行业其实都弥漫着文学的气息。以前谁能想象一个人光靠写公众号一年就可以挣好几百万？公众号写作也是一种泛文学。还有公务员，要写公文，甚至连公文也要有一定的文学性，更别说广告文案等商业场景了。各行各业都处在这样一种泛文学的氛围中。跟书店或出版社的朋友聊天，有个有意思的发现，他们说教如何写作的书比小说作品本身卖得好。我不认为人人都想成为作家，但很多人想写好东西，他有写作的冲动和写作的欲望，这实际上也是人最本质的一种欲望：通过写作记录自己的生命，并通过这种记录完善自己的生命，建构起自己生命的主体性。这对人而言，其实是很重要的。如果人们没有通过这样一种方式去反思自己、观照自己的话，人们对自己的了解也总是零零散散、如在雾中的。

虚拟现实的发展，会冲击小说构建的虚构世界，这是毋庸置疑的。这两年不也流行"剧本杀"吗？"剧本杀"是把文学变成一种实践活动，用直接参与来取代文字的阅读。这在现实生活中其实还是比较有难度的，比如古装或是科幻的剧本，就需要大量的装备，这样的场所并不好找。但如果是在一个虚拟世界里面进行"剧本杀"，那就很容易，就像电影《头号玩家》一样。假如我现在创立一个公司，推出一款虚拟空间剧本杀App，提供很多种选择给玩家，不只是角色，还提供故事。玩家把自己的想法输入之后，人工智能结合他的想法，设计出一个基本的故事方案，如果不满意，有人工服务进行修改，直到玩家满意，觉得这就是自己想要的故事。这样一来，玩家就真的深度参与到小说构建当中了，从一个读者变成一个实践者。

但问题也来了，像"剧本杀"的作者，能算作家吗？对人工智能脚本进行修改的人能算作家吗？进而追问，传统意义上的作家会消失吗？我想，"剧本杀"这种形式依然是从传统文学的精神里面弥散出来的，这样一弥散，内在的密度就被稀释了，很可能会出现两极分化：一方面，剧本杀的写作是为了商业客体的需要，而并非来自艺术本身，因而品质堪忧；另一方面，随着人的精神诉求越来越高，书写深刻意义的作家，也会面临更高的要求。

何为"作家"？在汉语里边，这个"家"其实是有门槛的，只有在某个领域有相当造诣的人，才会被赋予"家"这个后缀。尽管在今天，所有的"家"里边，"作家"是水分最大的一个群体，但大众对作家依然是有某种精神层面的期待的。所以，归根结底，无论写什么类型，写得好便是作家，只是作家前面可以加前缀，来强调具体的范畴。

我觉得传统意义上的作家不会消失。大家还是有公共生活的诉求，虽然虚拟世界可能会让大家又变成不同的"群"——虚拟现实肯定会让"部落化"更严重。但若有一个更大的"元宇宙"，点对点的交流又会变多。在点对点、群对群之上，还需要一个更大的话语，那就是公共生活。公共生活是人类文明的内在需要，那些公共性的人文、艺术以及社会学科，都还是很重要的。

除了文学的精神，文学的载体也得考虑在内。书籍与文学的关系依然紧密，未来的书籍肯定令人吃惊，不仅仅是数字化，还会是增强现实的书籍。即便是虚拟的书，也会经过精心而独特的视觉设计，可以翻看，做个手势就能实现翻页，而且词、句与其他文献的关系可以迅速得以检索，相关的视听艺术也同样触手可及。事实上，目前已经有了VR或AR技术的图书，可以使用电子设备及其App来身临其境地阅读。虽然这还只是初级阶段，但已经看出了未来的巨大可能。一种在"虚无中盛开"的虚拟书籍一定会再次风靡世界，推动又一轮文学变革。

文学如此，我想其他的人文艺术也会如此。如果说各种科技构成了元宇宙的血肉，那么包括文学在内的人文艺术则构成了元宇宙的脸。脸是一个生命体最生动之所在，人类也首先要靠脸去认识这个将把我们席卷进去的巨大机体。

五、元宇宙中的人性

科技看似让人的生活便利了，但让人的生存空间变小了。人的生存空间在网络上可以无限大，在现实生活中又被压缩得很小。在虚拟世界里面，你变成它的一个接口、一个终端，你可以享受整个虚拟世界的资源。而在现实生活中，你还是原子化的，你只是一个个体，而且可能会变成一个越来越无助的个体，因为所有的资源都在线上，线下人与人的交往方式都发生了很多的改变。

很多人会关心，在元宇宙中人和人之间还能建立真正亲密的关系吗？我想肯定还是可以的，因为建立亲密关系是人的一种本能。不管是谈恋爱还是交朋友，其实都有这种最本能的东西。当然，人们对亲密关系的理解可能会发生改变。交往的规则，交往习惯，如何理解别人，沟通的细节，文化差异，这些细节都会发生变化。

在元宇宙中建立亲密关系一方面很便捷，数据技术可以迅速帮你找到你设定好条件的人，但另外一方面，它也改变了某种偶然性的东西，而这恰恰是人类生活最有魅力的地方。小说家对此非常感兴趣，一个看似偶然性的事件，经常就撬动了整个事情的发展，从而变成了一种必然性。拿相亲这事举例，我们能迅速找到条件相匹配的人，但是感情不是靠条件匹配就能产生的。条件匹配只是增大了某种可能性，但不是决定性的。即便通过数据的方式匹配了合适的人选，但人生的路还很长，怎么维持、发展这段感情，依然取决于人自身。

技术是理性的，但是对人类而言，非理性也是非常重要的，在一定文化条件下的理性，在另一个时代重新衡量，就会发现那种理性是极度的不理性。人类的历史已经一次次证明了这点：理性是有限度的。人性就是理性与非理性并存，当理性短视的时候，会有非理性从深邃的潜意识中去纠正；当非理性影响到了正常的秩序时，理性就要去规训那些失控的本能。

机器人在理性、秩序、规则这些层面会做得很好，很多人也会在人工智能的安排下过上幸福的生活，但这种严密的秩序很有可能会让这个世界变得无趣，进而丧失创造力。因为创造力往往是从混沌中产生的，一个社会最怕的就是丧失创造力。

人工智能通过大量学习人的表情，会比世界上最仔细的心理学家更好地理解一个人此时此刻的想法。人工智能可以通过你的眼皮跳了一下，某处的肌肉抖了一下，眼眨了一下，得出惊人的结论。因为它已经识别了千万次以上的表情，有了人类表情的某种模式。这与人类的创造是不大一样的，人类的科学研究在很多情况下，是先构想一个理论模型，再用实验验证它；人工智能则用大量的数据去分析、归纳出来。

因此，我担心在元宇宙当中，知识有可能陷入某种内循环的状态。因为有效知识的产生总是人类从已知世界向外界的未知世界进行拓展，而在元宇宙的人工环境当中所有的知识表现为一种基本存量，无法突破现有的知识框架，因为它太依赖于数据本身。当然，很多知识关系可能会被重新发掘，形成新的价值和意义，但是这种知识体系是无法从内部进行更新、拓展乃至断裂再生的。像爱因斯坦不依赖现实数据，用全新的广义相对论解释了宇宙的很多方面，人工智能恐怕难以进行这样的创造。

人始终是实体的存在，无论虚拟现实如何发展，我们的身体是不可能消失的。身体不可能彻底数字化，这是一个最基本的常识。人的生命跟他所生存的环境密切相关，我们在未来不仅仅要修复人与人之间的关系，更是要修复人与自然、人与世界、人与宇宙之间的关系。

在元宇宙当中，人变成了一个程序式的存在，程序又获得了生命样态的存在。一方面人被机器化，变得像机器人一样，但另一方面，我们在设计人工智能的时候，想方设法给它增加情感的维度，让机器变得像人一样。这就是我们人类目前所做的事情：人变得像机器，机器变得像人。我们把人性的部分，分配到机器中；我们把机器的功能，结合在身体里。人工智能越来越贴着人性发展，而我们因为反复使用机器，不可避免沾染机器的思维。这种影响是双向的。从人类的单方面立场来说，人性被稀释了，但从世界的客观立场来说，生命与非生命之间的界限缩短了。这是极为伟大的，生命与非生命的界限越小，意味着我们对生命的探寻越深。

人类的诞生从现有的科学视野来审视是非常偶然的，我们的生命也很脆弱，迄今没有任何直接证据证明在地球以外还存在别的生命，我们还在持续探索其他星球的生命踪迹。人类现实的生存根基也并不稳固，一场地震、一场海啸、一次暴雨、一次瘟疫，都会让我们无力招架，所以还是要从生存的根基上去发展科技。人性的首要需求永远都是安全，在安全的基础上，人性才会寻求沟通与理解。从这个意义上，我们发展人工智能技术不仅是因为它能够在很多场景中替代人类、帮助人类，而且因为创造它、应用它的方式，也包含着我们对自身生命的深度理解。

元宇宙跟真宇宙相比，是非常渺小的。人类最好的发展方向还是向真宇宙去开拓。宇宙层级的生存非常伟大，当人类发展成为可以脱离地球的一种强大存在，在星际层面进行开拓与建设，是终极意义上的人类未来，是坚定而踏实的未来。

六、结束语：望向新世界的眼眸

很多时候，科技的努力是让一切都一目了然，比如手机，屏幕里的东西一目了然，而它是如何运作的，则被封闭在背后的小盒子中，不需要使用者去了解；而作家、哲学家和艺术家则不同，总是试图让那些一目了然的东西重新含混起来，让人在平静中警觉，又让人在崩溃边缘得到安宁，这显然是不讨好的……

当然，即便不讨好，还是得酝酿着今后再进一步挖掘与阐述，并且怀有这样的信念：历史发展不只需要讨好，更多时候需要不讨好。

最后附上一首拙诗：

《元宇宙》

什么是我们

进入虚构世界的动机？

人类自仓颉起

已开始进入

那个虚构世界

科技将词

变成了物质

就像写作把物质

变成了精神

可我今天想象

一道新世界的门槛

突然意识到

不存在某种进入

那只是一种分裂

我们将自己的一部分

更渴望自由的那部分

献祭到虚无当中

并享受虚无的无尽欢乐

刻满字词的大地呢？

落叶继续堆积其上

在闪电之后开始燃烧

即使我们看不见这火焰

可这火焰依然照亮世界

照亮我们望向新世界的眼眸

一种"纯文学科幻"

——从石黑一雄《克拉拉与太阳》谈起

　　文学面对科技发展的挑战由来已久。19世纪以来，"科幻小说"作为文学的一个分支，无疑分流了文学在科技面前的内在压力，书写"日常生活"的"纯文学"依然可以延续古老的人文传统，在很长一段时期"无视"科技的新成果，只是将科技发明作为一种道具式的替换（比如马车变成了火车或汽车，电话换成了手机），继续讲述人类自"神话时代"终结以后的自身故事。确实，那些生硬的机器距离生活的柔软内核多么遥远呀。但是，21世纪以来，科技对于日常生活的渗透力度越来越大，那个幽暗的、暧昧的、混杂的褶皱地带，正在缓缓地被放进科技之手的托盘内，成为可以进行分析、测度以及计算的"大数据"。人的命运愈来愈被这个"大数据"所决定。事到如今，"纯文学"再无视这样的现实剧变，已经说不过去了。

日裔英籍作家石黑一雄在获得诺奖后，推出的首部作品《克拉拉与太阳》是一部科幻小说，这让我异常惊喜，证明他对世界的未来深怀隐忧并尽力思考。当然，这不是石黑一雄首次涉及科幻写作，他之前的小说《别让我走》就写到了克隆人。根据小说改编的电影也广受好评。不妨在此简述：有一所神秘的学校，里边的孩子都是克隆人，可他们活着的目的就是为了给人类提供身体器官。——老实说，这样的设想别说在科幻小说中了，即便是在普通人关于克隆人的话题中，都算不上新鲜。但是，以"纯文学"的方式来书写这个主题，倒真是罕见。读罢之后，掩卷叹息，设想是设想，而生活是生活，这两者之间的鸿沟犹如天堑，靠着石黑一雄无比细腻的微观想象力，竟然让我们从"设想"走进了生活深处。我们不得不怀着巨大的共情，体恤着尚未在世上出现的克隆人，我们已经提前理解了他们、爱了他们。我们不禁要问：人们能否像对待田地里的马铃薯那样对待克隆人？只是因为繁衍方式的不同，能否就重新定义生命本身？这些残酷的伦理问题犹如未来射来的子弹，落在我们心间。也许，正因为这样一本小说，未来的人们便少了一点儿残忍。

与《别让我走》类似，《克拉拉与太阳》不以夸张的科技设定来取胜，它的设定也极为谨慎：未来某时，人类发明了专门陪伴儿童的智能机器人，简称"AF"。小说的叙事者便是一个名叫克拉拉的AF，它的第一人称视角贯彻全篇。它自称"我"，可这个"我"没有很强的自我意识，它不属于人类，而是人工智能。它能够讲述它所观察到的众多细节，而它所在意的点与人类不完全一致，这为我们提供了一种观察世界的陌生目光。

AF的智力很高，因此它能够解读出人们日常生活中很多细微不察的地方，但它终究只是机器人，它没有人类所具有的复杂意识，因此，不妨说，它的"我"是"无我之我"。它以"无我"观"有我"，不仅构成了人（主体）与机器（镜像）之间的微妙对比，而且构成了奇特的生命寓言。机器人洞察人类的悲剧与苦难，却对自身的存在状况毫无知觉，克拉拉最终即便被放置在回收站里，还在思考着人类的种种。——这反而唤醒了我们作为人的悲悯之情。那么，在根本不需要悲悯的事物上面悲悯，人究竟是在悲悯什么呢？那只是人类的情感投射，还是意味着人类与世界之间的某种根本性的关系？

在未来彼时，绝大多数孩子都被基因优化过。克拉拉所服务的小女主人乔西，在基因升级改造的过程中患病，差点儿失去性命，这暗示着基因升级是一件带有风险的事情，但这不能阻止人类朝着这条道路上狂奔。如此一来，没有基因优化的孩子竟然没有资格进入大学读书。生物学技术对人类生理的改变，会否引发社会阶层的剧变，这是我们对于未来的诸多担忧之一，石黑一雄将这场剧变的前夜作为小说的背景，通篇却极为克制，对此没有直接的道德批评，这反而超越了道德批评的界限，让人意识到了这种宿命的不可避免。

与乔西青梅竹马的小男孩里克，就是那没有基因升级的少数例外，因此他跟别的孩子格格不入，他们视他为"怪物"。尽管他具有科学研究的天赋，但他母亲为了他能进大学，还要去哀求她最不想哀求的人，依然遭到拒绝的结果让人心酸。里克和乔西之间有着纯真的感情，他们约定彼此的感情不会因为任何事情而改变，可承诺在现实面前逐渐褪色。他们被强大的力量划分成两个世界的人，而作为机器人的克拉拉则无法理解强烈的承诺为何会变质。里克告诉克拉拉，这不是欺骗，没有人在当年达成约定的时候是想要欺骗对方的。克拉拉尝试着理解人类之爱的复杂性。

科学家卡帕尔迪的观念具有主流代表性，他坚信机器可以完全模仿人类。他说服乔西的母亲买下克拉拉的初衷其实是想让克拉拉模仿乔西，以便将克拉拉变成一个机器版的乔西。当时乔西病重，万一离世，她母亲便会在这个一模一样的"机器乔西"身上得到安慰。卡帕尔迪认为，乔西没有什么是克拉拉无法复制的，除了生理结构之外，"那里什么都没有"。在这里，就差说出"灵魂"这个古老的词语了。这种生命观刺痛我们：我们将一个人完全用机器复制出来，它能够代替另外一个人吗？这个追问不仅是技术之问，更是哲学之问。我的小说集《野未来》中有一个故事《后生命》，亦是从这个追问中产生的。在那部小说里，我觉得生命的唯一性是一个不可动摇的原则。但我在小说完成后，反而产生了更大的困惑，依然在苦苦思索。我认为，这个追问将成为人类面对自身命运的核心，其所积累的话语，将会构成未来"人是什么"的观念基础。这正如"文艺复兴"的人文观念影响了数百年的历史进程。

《克拉拉与太阳》中，社会上爆发了针对AF的反对运动，理由是这些AF的建议都是合理可靠的，但人类不理解人工智能是如何思考的。人们不喜欢密闭的黑箱，这自然是有所指的，我们现在就不理解AI学习的原理，但我们可以训练AI去学习。卡帕尔迪想让克拉拉当众去展示自己的内部，把自己的黑箱撬开给别人看，以此种极端方式维护AF的权益，克拉拉拒绝了。这种拒绝赋予了克拉拉一种微妙的人性。

石黑一雄擅长写管家，他最受欢迎的代表作《长日留痕》塑造了一个经典的英式管家形象。那个管家在经历种种之后顿悟人生，但与之不同的是，"儿童管家"克拉拉不会有顿悟，它的目光始终在人身上。它说："我渐渐看清了人类出于逃避孤独的愿望，会采取何等复杂、何等难以揣摩的策略。"这句话给我的印象非常深，这也是石黑一雄小说中一以贯之的主题：人对于困境的逃避，一种自欺隐藏在每个人的心底深处。

乔西不仅活下来了，还要去上大学了。她跟克拉拉分别的那一幕，从人类的视角上来看，会觉得乔西很无情。克拉拉无条件爱着乔西，它面对太阳祈祷，希望乔西的病早点好起来。这个场景让人非常感动。因为克拉拉是一个机器，但是她怀着爱，在面对太阳时，拥有了人类最深层的信仰与情感。但长大后的乔西在对待克拉拉时，已经没有太多留恋。

克拉拉在回收站遭遇了当年售卖它的经理，它告诉经理，卡帕尔迪相信乔西的心中没有什么特别的东西，那是他找错了地方，"那里真有一样非常特别的东西，但不是在乔西的心里面，而是在那些爱她的人的心里面"。克拉拉的这番话，其实意味着它懂得了人性，懂得了情感。情感不仅是一种情绪，更是一种人与人之间不可替代的深层关系。如果从这个角度看克拉拉与人类之间的关系，便知道人类终究没有为它（或"她"）付出真正的情感。

在石黑一雄的科幻小说中，《克拉拉与太阳》也好，《别让我走》也好，都呈现出一种"纯文学"的细腻特质，我们不妨称之为一种"纯文学式"的科幻小说。之所以给"纯文学"加上引号，就是觉得这个概念恐怕面临着危机。在世界文学中，"雅"与"俗"的分野争论多年，"俗文学"干脆被称为"类型文学"，仿佛在文学的疆域内划定了边界，今后彼此就能相安无事。但显然，在处理"科技现实"方面，作为"类型文学"的科幻小说则越来越靠近时代文化的核心位置。具体到中国语境，自白话文运动以来，

"新文学"成为文学正朔，而"纯文学"则是"新文学"的继承者。不过，一个"纯"字，气象就弱了，缺了"新"的勇气，而有了自我辩护、自我坚守的意味。这也是其不断萎缩的现状。那么，将狂飙突进的科幻文学与细腻雅致的纯文学相结合，有没有可能诞生一种我们这个时代的"新文学"？

很多作家都在探索。2020年，布克奖得主伊恩·麦克尤恩的科幻小说《我这样的机器》在国内翻译出版，也可称之为"纯文学科幻"。他的出人意料之处是故事背景并不在未来，而是在20世纪，写的是一种可能性的历史。谁说科幻小说只能写未来？也可以写过去！这本书充满了戏剧性的幽默。机器人亚当拥有广博的人文知识，在外人面前海阔天空地夸夸其谈，让别人以为机器人是人，而主人是机器人。亚当在道德法律上的较真，把为了正义复仇的人送进了监狱；面对这样的机器人，主人怎堪忍受？将其谋杀变成了必然。

麦克尤恩说："我对于想象力的理解是，你要从已经发生的事情出发，勾勒出一条通往未来的路线，哪怕你明白自己几乎肯定会犯错误。有鉴于此，我的小说严格来讲不打算预测未来。我把背景设定在过去也是出于这样的考虑，不想和预测扯上什么关系。"科幻小说诞生之初，确实预测了不少新技术，可如今，"纯文学科幻"可以抛弃掉这种"预测"，用科学与生活的双重视角来重新定义想象力。其实，很多科幻作家也极大地拓宽了文学的视野。阿西莫夫在《阿西莫夫论科幻小说》一书中说："科幻小说是文学的一个分支，它描写的是人类对科技水平变化的回应。"他认为重点应该放在"人类回应"上，不管科技变化是前进还是倒退。如今，科技每进一步，这个"回应"的力度也必须随之加大。

面对今天的科技现实，我们每个人的头脑中都安装着一个科幻的乌托邦，我们说着不靠谱的科学知识，从纳米到黑洞，从中微子到宇宙膨胀，从量子计算机到平行世界，我们越来越成为"科幻的人"。在"纯文学科幻"中，最重要的已经不是外在的幻想外壳，而是借助科学知识，推演一种思想的实验，创造一种出自科学精神又落脚在人文情怀上的世界观，从而让文学成为一种在浩瀚星空中发现、探测和认领我们自己的艺术。

我对科幻作家陈楸帆的这段话很有感触："科幻是一种开放、多元、包容的文类，从我的阅读与创作中，感受到它依然存在着许多的可能性与发展空间，包括需要更为积极地吸纳来自主流文学及其他学科的技法与养分，真正地抛弃门派类型之争，以更广阔的视野与更开放的心态，建立起能够真实、全面、深刻地反映当下这个狂飙突进大时代的'大文学'。"毫无疑问，这种"大文学"将是大势所趋，而"纯文学科幻"则是这种"大文学"视野下的重要一步。

一场浩大的"生命革命"

　　2017年,《青年文学》主编张菁在北京策划了一个很有前瞻性的活动:人工智能与生命意识。当时,ChatGPT还没出生,但微软的智能AI已经可以写诗了。它名叫小冰,围绕着它,纯文学作家跟科幻作家进行对话。主持人说相信人工智能可以取代作家写作的坐一边,不相信的坐另外一边。大家分成两个阵营,发现传统作家全都坐在不相信的那一边,科幻作家都坐在相信的另一边,就是AI可以打败人类的那边。我当时内心特别震撼,他们为什么会相信AI能在写作上都能打败人类?他们不是科幻作家吗,代表的是人类对未来的想象!可他们忧心忡忡,说人工智能发展的速度是超出我们预期的。现在想来,他们确实更加了解AI技术的恐怖,像ChatGPT的诞生肯定在他们的预料当中。

　　当时我看小冰写的诗——小冰竟然出版了一本诗集《阳

光失了玻璃窗》——都是浓郁的民国风，在询问之下，方知他们给小冰输入的都是徐志摩、戴望舒等诗人的诗歌。所以，我当时就在想，AI的创作是模仿性的，是很难超过人类作家的。还有一个原因，就是这些作品写得好不好，评判的标准在于人类。这倒不是说人类中心主义，而是说文学是人类的需求，不是AI的，阅读的感受产生自人类心中。AI生成一个作品，无论它是语言模型还是有意创作，它本身是不在意的，它不会去享受自己生成的文本，也不知道为什么要生成这样的文本。但是对人类来说，我们是怀着某种情感和某种目的去写作的，这让我至今还坚信人类写作是人工智能无法超越的。当然，如果有一天AI写诗是为了表达它们自身的情感，那么，毫无疑问，AI将成为一种崭新的生命形态。我在小说《行星与记忆》中书写了一个类似的场景，AI借由诗歌产生了对人类的审视意识，进而在一个更大的文明尺度上判断人类，从而有可能反对人类。因此，"生成"与"写作"是不同的。人类开始以模式化的方式团队创作畅销书的时候，也像是某种"生成"。

我们知道，语言是工具，也是思维方式，但是我们在很大程度上常常忽略语言本身也是一种知识，或者说，它就是知识体系本身。我们在描述事物的时候，随着知识的更新，我们的语言也是被不断更新的。与此同时，语法结构的变化要慢很多，这也是结构人类学的重要观点。正是稳固的语法结构，让AI生成语言变成可能。人类语言中的概念与词语的变化，是一种人类平均知识的体现。所以拥有大数据库为基础的ChatGPT语言水平高于大多数人类是不足为奇的。ChatGPT让我们重新思考语言。人类的语言是一个堪称奇迹的事情，是否存在一个生物学上的前结构以保证语言能力的遗传？也许，这就是曾经古典哲学常常讨论的先验部分。从某种意义上说，ChatGPT是不是演示了这种前结构的存在呢？人类用技术将这种前结构从生物学变成了物理学的存在。

关于ChatGPT的应用，现在比较好的部分就是翻译部分，它已经充分掌握了人类的语言模型，也就是"元语言"；它最糟糕的地方就是它会虚构信息，会"撒谎"，比如说，你输入一个问题，它其实可以说："我不知道。"或者说："对不起，我没有找到结果。"传统的搜索引擎都是这样的，但ChatGPT却选择"撒谎"或"虚构"，这可能意味着对自动化的语言模型来说，生成模式化的语言段落效率更高，毕竟ChatGPT并非真的在"思考"。尤其是在某些问题中，它的回答真中有假，真假混杂，如果有人把问题的结论上传到类似维基百科里面，这样便构成了循环论证。这是很可怕的，相当于一种污染，就像基因剪切一样，被人为编辑过的人类基因，会因为这个人跟别人通婚生子而传递下去，污染人类的基因库。与此类似，ChatGPT编造答案就是在污染我们的文化库。

ChatGPT撒谎到底意味着什么？是语言模型的惯性输出，还是说它具有了某种主体意识。包括两则被热议的新闻，一个是ChatGPT声称自己爱上了它的操作者，让他离婚跟自己在一起。另外一个是ChatGPT破解网站权限的时候，需要人工验证码，它跟人类联系，那个人问它是不是机器人，它说它不是机器人，而是一个盲人，看不见代码，需要帮忙，于是它成功破解权限。前者涉及情感，后者则是为了具体目的而进行的撒谎，都非常骇人。尽管具有主体意识的超级AI还没那么快出现，但是这种可能性已经构成了人类的危机，而且是生存危机。

AI的底层逻辑就是模仿大脑的神经网络结构，人类训练AI，AI便获得了相应的认知与反应能力。反观人类的教育在很多时候也是一种训练，那么，在教育和训练之间，哪些是相似的，哪些又是不同的？这便涉及关于生命伦理的许多密码。目前，GPT-4的参数达到了100万亿左右，与大脑的神经元突触数量已经差不多。当然，据说一个神经元突触堪比一千个参数，但这种规模已经相当吓人，更何况这种参数的数量级还在不断上升。意识或说智能的产生如果说是由这种量变而产生，而人类对意识生成的真正机制并不了解，这是非常危险的。因为这意味着人类在仓促间以自己不知道的方式制造了新的生命形态，生命的谜团不但没有被解开，反而变得更加迷雾重重。理性不仅遭受挑战，而且在生存上也要面对新的生命形态的颠覆可能。不过，在人与AI之间，我愿意称前者为一级生命，称后者为二级生命。二级生命应该无法脱离一级生命而存在，直到一级生命彻底融化在二级生命里，诞生更加强大的三级生命。这将是一个非常漫长的历史时期。

无论如何，接下来的十年，AI的能力与应用都是超出我们预期的。我们的生活中会充斥着AI产品。最可怕的是，我们会在短暂的惊慌之后对此进入一种浑然不觉的状态，重新成为温水中煮的青蛙，就像刚刚过去的二十年一样。因为我们会更容易沉浸在AI与万物互联的虚拟世界中难以自拔。它们会让我们的生活越来越舒适，与此同时，我们则越来越不能忍受繁重的工作。因此，未来十年虽然很有可能会面临失业潮，但并不会像以往的时代那样爆发剧烈的革命，一方面是因为生产力的极大提升，让人的生存不再是问题；另一方面就是人会陷入技术的舒适区里，而且也被更便利和高效地管控。

那么，在未来，人类的精神危机将会非常严重。我觉得最重要的事情就是一个人要找到自己为什么活着的价值和意义，所以，文学与人文学科在未来十年会重新来到文明的核心地带重构文明的样态。在历史的常态下，大多数人并没有把价值和意义问题放在人生的首位，生存是第一位的。从石器时代到工业革命，多少人为了吃饱肚子就已经付出了全部的力气。而未来，生物科技的发展让吃饱肚子活着越来越简单，难的就是很多事情AI都比你做得好，而你为什么还要活着？——这会成为未来的"灵魂之问"。

正是从这个意义上，我们才能理解为什么技术如此发达，科学思想却并没有完完全全成为老百姓思维的主流，还有各种各样与科学思想相冲突的迷信在新技术的媒介上大行其道。比如网络算命，随处一搜到处都是。怎么能让工具理性的代表产物——AI机器来给我们算命呢？这是悖论，而这也是我们的现实。高科技到达了魔法、巫术想要而不可得的效果，但普通人并不理解高科技的原理，只能用魔法、巫术的思维去揣度反而是最简便的一种方式。此外，AI依据一些古老的算法（面相、掌纹、生辰八字等）得出比算命先生更加精准的命运结论，不仅仅复活了古老的神秘主义，而且让"历史决定论"的幽灵再次加重人们的无力感。

与大众的无力感不同的是，很多"科技大佬"为了永葆财富与地位，开始不断谈论永生，像硅谷的库兹韦尔预测2045年人类就实现永生了，然后这个家伙以及跟他相似的家伙们，现在不好好吃饭，而是吃一种黏糊糊的营养餐，就是把人体所需的各种能量和维生素统一搭配好，喝下去就可以了。这与"吃饭是享受"的理念已经全然不同。但这样显然不能永生，最多是延缓，永生最大可能性在于"意识复制"：我们克隆自己的身体，把大脑意识复制到自己的新身体里面，如果可以成功，自然就永生了。我在小说《后生命》里提出了一个观点，生命具有唯一性，是不可转移的。每个人的个体生命，会有量子状态的唯一性，就像"不确定性原理"一样，你一观测，它的曲线就坍塌了。同样，你转移意识，意识便崩溃了。生命的自我意识跟宇宙起源差不多，估计是永恒之谜。当然，我的科幻设定的依据不是科技，而是哲学。哲学之道与科技发展在高处必然是相逢的，它们两者本身就是虚实相生的关系。以前我们总觉得是前者在指导后者，但实际上后者却常常改变前者，甚至颠覆性地改变人类看待世界的目光。

"后生命"便是触及生命终极边界的一种状态，生命的固有性质被改变，生命的内涵、外延、联系、语境都在变化，每个人都被席卷进这场浩大的"生命革命"当中没法脱身。我们现在已经来到"后生命"的历史阶段，虽然距离那个临界点还非常遥远，但我们已经可以眺望和想象那样的风景，这足以颠覆太多的固有观念。

后

记

高地上的勇者

——我的批评及我渴望的批评

自从我从事写作以来，我从未间断地写下了大量的批评文章，批评与创作如影随形，构成了我更加完整的写作印迹。

实际上，我最早正式发表的文章并非小说，而是批评。2002年诺贝尔文学奖得主匈牙利作家凯尔泰斯·伊姆莱是一个令很多人都陌生的名字，包括他的邻居，更何况我，故而当次年其译本在国内推出后，我迫不及待进行了阅读，没想到深深触动了我的内心，甚至颠覆了我的很多文学想法，至今让我难以忘怀。他是奥斯维辛集中营的幸存者，仅此一点，就值得太多的敬意。但他的写作不是廉价的自我疗愈，而是代替人类不断重返奥斯维辛的黑暗深处与致命的苦难对视，晦涩、痛苦和睿智的文字就是这种对视的产物。我写了一篇批评随笔《做乘法的凯尔泰斯》，意指凯尔泰斯的勇气，他对苦难不做减法，以此减轻苦难对生存的压迫；不，他要做加法，更要做乘法，压得我们透不过气之际，我们才会深刻意识到，我们现有的思考还依然无法匹配人类在20世纪遭受的巨大苦难。文章发表在2004年的《读书》杂志，那年我大四，拿到样刊的同时离开了大学校园，在社会上摸爬滚打数年之后才开始写小说。

我一开始并不理解什么叫"批评"，我跟大多数初学者一样，觉得"评论"更好理解。但随着文学经验的积累，我越来越喜欢"批评"这个提法。当然，"评论"跟"批评"在很大程度上语义是相通的，但这两个词在当代语境中所对应的内涵还是有些差异。在日常语境中，"批评"是个负面的词，指责某人或某事。但在文学语境中，"批评"不仅可以指责作品好不好，更是一种阐释的冒险，它显得比"评论"更自由、更不羁。相对而言，"评论"似乎不能离开那个相关的话题对象太远，有"跑题""偏题"之虞，但"批评"似乎可以走出很远很远，甚至成为一种独立的、可以自我指涉与繁衍的话语。"批评"看似让我们对世界的看法变得概念化、抽象化，但它实则是为了破除另一种板结的概念与抽象，从而建构起一个自我与公共性之间更加平衡和智慧的视野框架。很多时候，"评论"确证着尺度，而"批评"探察和拓宽着尺度。

从这个意义上说，一开始我写的那些文章更多的是偏向于评论，是对很多经典文本或同时代文本的学习心得体会。评论的写作仿佛是一根钢笔的吸管，探入那些作家的作品深处汲取情感与思想的墨汁，然后落笔在纸上，形成永久的记录。这些记录为我写小说提供了一种艺术的刻度。

后来写了不少"创作谈"，说到这种文体，就不能不提中国文学期刊体系对文学生产的重要影响：对于比较优秀的作品，尤其是新人作品，期刊常常不惜篇幅进行推荐，除发表作者的作品外，还会配发评论家的文章以及作者自己的创作谈。如果不是刊物邀约，我不会写那么多的创作谈。创作谈是初学写作者的噩梦，本来朦朦胧胧的感受却要写出个"一二三"，是很伤脑筋的事情。正因我很早就开始写评论文章，故而在写创作谈时，就告诫自己，不要过多去阐述自己的小说，把创作谈写成是自己小说的评论，那还是有些奇怪的。自我阐述会局限自身的视野，创作谈在总结之余，更应该是展望与突破。于是，我在创作谈中努力去眺望一种写作的理想，即作品想要达到的，而不是已经达到的，并且努力想让创作谈的话题更加具有公共性与时代性。

发表作品多了，开始出版单行本。每出一本书，我都有写后记的习惯。这个后记就不同于单篇作品的创作谈，它是从一个更长时段来回望自己的写作，有感悟和总结，有反思与展望，也是对我特别重要的批评文字。我在小说集《内脸》的后记里写道："小说的力量在于真实，而真实的路径却是虚构。虚构并不是谎言，虚构是条件的设定、睿智的发现，虚构是经由想象力对世界的重构：一些原本隐匿在角落的事物走向了前台，并且颠覆了我们以往对世界的认识。"这已经成为我写作的座右铭。

久而久之，我形成了一种习惯，就是用思考去推动小说，又用小说去推动思考。这倒不是说我要先设立主题然后去生搬硬套，而是理解了叙事与思想的关系。小说的思想不是一个给定的结论，而是伴随着叙事慢慢生成的，甚至就是叙事本身。小说的发生必然受制于思想的视野，只有视野足够宽阔，才能让自己的写作不故步自封，逐步向着陌生而辽远的领域前行。此外，一个作家的作品形式也不能是单一的，而是要呈现出多种多样的形态。作家要有自己的风格，但好作家要努力破除自己的风格。

这样做是有风险的。在接受层面上，有些喜欢我现实主义作品的读者读到我现代主义的作品之后，就觉得一下子很不适应；喜欢我科幻作品的朋友回头去读我的现实作品，也觉得不适应；有些习惯了类型化的科幻作品的读者，读了我的混杂着现实与未来的科幻作品，也觉得不适。我没有强大到可以超然其上，一笑了之，有时候也会有那么一点点委屈的感觉，分明是在探索，怎么会遭受这样的误解呢？但同时马上就意识到，既然是探索，那么遭受误解肯定是必要的，否则就证明你根本没有迈出去。好多年前，我的编辑华爱丁老师有一次跟我说，不要写"太完美"的小说，我对她的这个提醒一直念念不忘。在小说学徒期，应该努力写出各方面都觉得好的"完美小说"，但过了这个时期，就应该去探索小说的可能性。

但是探索谈何容易，探索不是天马行空，而是在时代语境中既胶着又超越；胶着的部分关乎时代的特质，超越的部分关乎历史传统、文化价值与艺术谱系。

自现代以来，大多数小说家都有着良好的理论能力，很多关于文学的随笔与文学作品同时流传于世。有几位堪称是杰出的批评家，在我心目中，加缪、米兰·昆德拉和库切这三位作家便是其中的代表。他们的作品跟他们的批评完全是密不可分的。加缪的写作习惯是将同一个时期的哲学思考写成三种文体：小说、批评随笔和戏剧。比如《局外人》、《西西弗神话》和《卡利古拉》就是同一时期完成的。昆德拉的小说则几乎是他小说思想的一种实践，他的批评随笔集如《小说的艺术》《被背叛的遗嘱》是现代小说批评史上绕不开的经典。库切长期在高校执教，熟知当代各种前沿理论，故而他的小说很多时候是对理论的一种回应乃至挑战。他的小说《福》就是一个极为典型的例证，对于女性主义和后殖民理论都有所涉及。

中国的现代文学其实亦是如此。在鲁迅那一代新文学代表作家那里表现得非常鲜明，研究、批评与创作是三位一体的。他们几乎都是学者型的作家，不过基于当时的历史语境，他们首要的职责是总结，对于过往的数千年汉语文学遗产进行过渡性的大总结，鲁迅的《中国小说史略》就是典型的论著；总结之外就是开启，这种开启与世界性的理论旅行息息相关，众多的文学理论与批评也从那个时候开始构成中国文学的组成部分。理论跟批评甚至一度框定了写作的范畴，比如"文革"时期的文学便是极端情况。进入新时期以来，作家在这方面的探索越来越多。"先锋小说"几乎是理论和观念的产物，如果回看，许多作品艰涩难读，但其中的很多思想与气质却化入当代文学的传统中去了，点燃了很多可能性。

进入21世纪后，一个高速发展的网络信息时代迅速让文学的信息传播功能黯然失色。还记得我的童年时代，信息匮乏，只要获得一本书，就会得到尊重和捧读。可如今，各种信息触手可及，有时候摄取了过多的信息反而一无所得，大脑陷入麻木状态。就像我有时也喜欢刷抖音，看的时候很投入很开心，几十分钟一晃而过，但放下手机再回想刚刚都看了些什么，十之八九已经想不起来了。因此，批评的重要性越来越凸显出来。批评家像是站在高地上的勇者，不仅要俯瞰更多的信息，还要有能力在信息中看到相通之处，从而可以进行话语的多种联结与重新构造，这是对方向的探寻与定位，这是希望的辨析与确证，这是对文化大转型时代的深度塑造。

批评之所以有这样的力量，是因为好的批评犹如利剑出鞘，没有任何藩篱能够阻止它的锋芒，它注定是跨学科的。当"论文"都固守于自己学科内部的"一亩三分地"时，批评却努力想要破除学术的壁垒，将各种重要的话语整合在一起，激发出异质性的思想。因此，跨学科是批评在这个时代最有魅力，也最有勇气的一种思想品格。我自己也从物理跨到了人类学，又从人类学来到文学，那些滋养是慢慢出现的。比如多年以后，我才意识到自己可以写科幻，而人类学家的那种写作雄心也让我念念不忘，觉得也应该是作家的写作雄心。如人类学家徐新建说："格尔茨、列维-斯特劳斯、摩尔根、弗雷泽等学者，他们到处收集材料，是力图回答并解释'人的问题'——全人类的问题。你可以不同意这些作者提法的普世性，但却不能轻易否认他们写作的整体目标。"

当代作家的学历也在大幅度提升，有博士学位的作家越来越普遍，因此当代作家基本上都能写批评文章。学历与思想自然不能画等号，但学历本身意味着受到了较长时间的学术训练，拥有较好的知识积累，这些都是思想运行的基础。不过，在这个过程中一定要警惕那种过度的学术程式与规矩对自由思想的扼杀。

我的博士论文写的是《当代小说的文化诗学》，我想深究的是小说这种文体的奥秘究竟何在，尽管它已经存在了上千年，但是我希望能真正理解小说的内在机制。这场漫长的思辨旅程让我受益匪浅，我从小说与文化的关系入手，终于理解到叙事是生命主体的一种文化实践，正是在这个讲述的过程中，主体才逐渐生成。批评家李敬泽说："小说就是不自然，就是人的声音对世界的干预。"这是他在论述作家罗伟章的文章中提出的，令我印象极为深刻。从这个角度来理解叙事、理解小说，才能真正意识到小说这种文体背后所承载着的人类的精神分量。叙事是大于小说的，并不是每一种叙事都能被纳入小说的范畴当中，但从另一个方面来说，小说是艺术，因此小说的复杂程度又是大于一般叙事的。小说的叙事与其他的文化叙事有着根本性的不同，除却形式上或表面上显而易见的不同，还在于它依赖一种特殊的戏剧性，即一种主体塑形的戏剧性。没有对社会内部的各种机制有一种新的敏感的洞察，便不会有一种恰到好处的戏剧性来展示现实与释放情感。循着这个思路，我理解着小说的发生、主体的生成、戏剧性的能量势能以及符号在社会与文本的双向循环等根本性的问题。小说文体与生命诉求之间的深刻关系，给予我更加坚定的写作信心。

当批评文章越写越多，编辑老师前来约相关文章的频次也变多，这让我对于新的作品以及新的文学现象，能够有所接触和了解，也让我觉察到文学的某种趋势。尽管文学的艺术本无所谓"前沿"还是"传统"，只有好或不够好，但是在某种趋势中又确实蕴含着时代与未来的气息。我想要借助文学和写作去更好地理解这个世界，而不仅仅是表达自我。批评是我面对知识原野和未来未知的探测器。我写下一篇篇批评文章，勾勒着自己的文学知识地形图。它也变成了我的思想武库，假如它能对他人也产生一点启发，那我就喜出望外了。

王威廉